Début d'une série de documents
en couleur

LA
GUIRLANDE DE HOUBLON

Traduit de l'allemand

DU CHANOINE SCHMID

PAR LOUIS FRIEDEL

TOURS

ALFRED MAME ET FILS

ÉDITEURS

OUVRAGES DE LA MÊME COLLECTION

FORMAT IN-12 — 5ᵉ SÉRIE

ANIMAUX EN HISTOIRE (les), par Mᵐᵉ Marie-Félicie Testas.
ARMURIER D'HENRI IV (l'), par Mᵐᵉ Marie-Félicie Testas.
BIEN A BIEN, par Remy d'Alta-Rocca.
COUSINS (les), par Lucie des Ages.
CUEILLETTE D'HISTOIRES, par Mᵐᵉ de Palof.
DÉBUTS D'UNE PENSIONNAIRE (les), suivi de : UN RÊVE DE MER-
    VEILLEUX, par Marie Leconte.
DELPHINE, par Stéphanie Ory.
ENFANTS DE LA MER (les), par G. Delaunoy.
ÉTOILE DES MAGES (l'), par Mᵐᵉ Marie-Félicie Testas.
ÉTRENNES DE JOSÉPHINE (les), par Marie Franc.
FLEURS HISTORIQUES ET LITTÉRAIRES, par Mˡˡᵉ Marie O'Kennedy.
HISTOIRES D'HIER, par Marie Franc.
HISTOIRE D'UNE CHATTE, par Gustave Vallat.
INFLUENCE DE MARTHE (l'), par Lucie des Ages.
JACQUES, suivi de : un Rayon de soleil : nouvelles.
OTHON LE FAUCONNIER, par Adrien Lemercier.
PETIT CONTEUR ALLEMAND (le), d'après le texte allemand ; par
    Henri Schwarz.
PETITE MENDIANTE (la), par P. Marcel, suivi de : le Nid d'aigle,
    — les Petits Bûcherons, — le Petit Musicien, par A. M.
RÉCITS A PROPOS DE BÊTES, par Mᵐᵉ Marie-Félicie Testas.
SOUVENIRS D'UNE HIRONDELLE, par Remy d'Alta-Rocca.
THÉOBALD, ou l'Enfant charitable, par E. W.
TROIS AVENTURES, par Bénédict-Henry Révoil.
TROIS SINGES (les), Nouvelle, traduite de l'anglais par Gustave
    Vallat, docteur ès lettres.
VALLÉE D'ALMÉRIA (la), par M. E. W.
VOYAGE AUTOUR DE L'ANNÉE, par Marie Guerrier de Haupt.
YVONNETTE, par Lucie des Ages.

ŒUVRES DU CHANOINE SCHMID

AGNÈS, ou la Petite Joueuse de luth.

BAGUE TROUVÉE (la), ou les Fruits d'une bonne éducation.

CENT PETITS CONTES pour les enfants.

CHARTREUSE (la).

CROIX DE BOIS (la).

EUSTACHE, Épisode des premiers temps du christianisme.

FAMILLE CHRÉTIENNE (la).

FERNANDO, Histoire d'un jeune Espagnol.

FRIDOLIN (le bon) et le méchant Thierry.

FRIDOLINE (la bonne).

GENEVIÈVE.

GUIRLANDE DE HOUBLON (la).

HENRI (le jeune).

ITHA, comtesse de Toggenbourg.

LOUIS, le petit émigré.

MARIE, ou la Corbeille de Fleurs.

MOUTON (le petit), suivi du Ver luisant.

NOUVEAUX PETITS CONTES.

ŒUFS DE PAQUES (les), suivi de Théodora.

ROSE DE TANNENBOURG.

ROSIER (le), suivi de la Mouche.

ROSSIGNOL (le), suivi des deux Frères.

SEPT NOUVEAUX CONTES.

SERIN (le), suivi de la Chapelle de la forêt.

THÉOPHILE, le petit ermite.

VEILLE DE NOEL (la).

Tours. — Impr. Mame.

Fin d'une série de documents
en couleur

LA

GUIRLANDE DE HOUBLON

—

5e SÉRIE IN-12

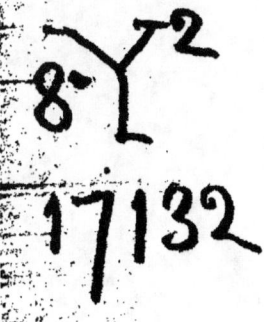

La première fois que Hermann aperçut le vieux et noirâtre
clocher du village, son cœur se serra.

LA
GUIRLANDE DE HOUBLON

Traduit de l'allemand

DU CHANOINE SCHMID

TOURS

ALFRED MAME ET FILS, ÉDITEURS

—

1894

LA
GUIRLANDE DE HOUBLON

I

L'école du village.

Frédéric Hermann, pauvre maître d'école du village de Steinach, était un des hommes les plus sages et les plus modestes qu'il y eût. Son plus grand bonheur consistait à vivre au milieu des enfants; et il savait s'acquitter avec tant de soin des fonctions honorables et méritoires de son état, qu'il fit un bien infini en formant le cœur de ses élèves à la religion et à la vertu, tout en leur enseignant les connaissances utiles à leur vocation dans le monde. Satisfait de ses modiques émoluments, il se sentait si heureux dans son empire (c'est ainsi qu'il nommait souvent son toit de chaume, son jardin et son école), qu'il ne l'aurait pas échangé contre le palais d'un roi.

Le petit village de Steinach est situé dans une contrée âpre et montagneuse. La première fois que Hermann descendit de la montagne par le sentier qui conduisait à ce village, dont il venait d'être nommé instituteur, et qu'il aperçut au fond d'une gorge, entre deux rochers et des forêts, le vieux et

noirâtre clocher, les misérables chaumières couvertes
de mousse, son cœur se serra. Son anxiété devint
encore plus grande quand on lui montra la maison
d'école presque en ruine, et à laquelle on ne pouvait
arriver qu'à travers une mare boueuse, qu'on traversait en posant les pieds sur des pierres placées de
distance en distance. L'intérieur de cette habitation
répondait parfaitement à son extérieur : le plafond
était noirci par la fumée, le plancher pourri, et les
petits carreaux ronds des fenêtres tellement vieux et
malpropres, qu'à peine laissaient-ils pénétrer un
demi-jour triste et sombre. La salle où se tenait la
classe avait aussi un aspect repoussant : de larges
toiles d'araignée en tapissaient les murs, et une
odeur méphitique y soulevait le cœur. Le jardin
attenant paraissait assez vaste ; mais ce n'était, à
proprement parler, qu'une maigre pelouse plantée
çà et là de quelques arbres entièrement négligés,
portant quelques mauvais fruits, ou déjà si vieux,
qu'on y voyait plus de branches mortes que de pro-
ductives. Cependant notre instituteur ne perdit point
courage : « Avec l'aide de Dieu, disait-il résolument,
j'espère changer tout cela. »

Il entrait en fonction avec un fonds de zèle, d'intelligence et de bonne volonté ; sous lui, un esprit
nouveau de docilité et le désir d'apprendre semblèrent
s'emparer de toute l'école. L'aimable instituteur sut
bientôt tellement se faire chérir des enfants, qu'ils
le regardaient comme leur père ; bientôt aussi il
gagna l'affection et l'estime générale des parents.
Alors il fut facile de faire accueillir ses justes récla-
mations, et le conseil communal résolut à l'unani-
mité de faire restaurer la maison. Dans ses heures
de loisir, il travaillait à déraciner de vieux arbres,
à bêcher et à remuer les plates-bandes pour y semer
des fleurs et des légumes, et à planter partout de
jeunes arbustes des meilleures espèces. Il sut même
tirer parti de l'eau stagnante qui était à l'entrée de
la maison et d'une colline couverte de bruyères qui

touchait au jardin. La première fut métamorphosée
en un charmant parterre, et l'autre en un verger
très productif. Comme il était fils d'un jardinier, et
qu'il avait lui-même beaucoup de goût pour tous ces
travaux, il s'y entendait fort bien, et ses entreprises
réussirent à merveille. Bientôt tous les alentours de
l'école restaurée ressemblèrent à un immense jardin
des mieux entretenus.

Trois ans après, vers l'automne, Hermann fit un
voyage à la ville pour s'y marier, et en ramena sa
jeune épouse. C'était une personne sage, pieuse, intelligente, et excellente ménagère; elle se nommait
Thérèse. Son père, qui n'existait plus, avait été
fonctionnaire public, et lui avait donné une bonne
éducation. Après s'être préparés par le scrupuleux
accomplissement de tous les devoirs que la religion
nous prescrit, les époux célébrèrent la noce, modes-
tement et sans dépenses superflues, chez l'oncle de
la jeune personne, principal chantre de la paroisse.
Thérèse avait eu occasion de voir, plusieurs années
auparavant, l'école du village dont son futur était
depuis peu de temps nommé l'instituteur, et le souvenir de cette visite la rendait toute triste; il lui ré-
pugnait beaucoup d'aller se confiner dans une habitation si malsaine et si délabrée. Quoique Hermann
lui eût dit qu'à présent la maison se trouvait en bien
meilleur état, elle ne s'attendait qu'à de faibles
changements, et elle partit pour le village de Steinach non sans éprouver quelque serrement de cœur.

Quelle ne fut pas sa surprise lorsqu'à son arrivée
devant l'école, au lieu de la mare croupissante dont
elle se souvenait parfaitement, elle vit un charmant
parterre orné de jolies fleurs et de jeunes arbres déjà
chargés de fruits! La maison n'était, à la vérité,
couverte qu'en chaume, comme toutes celles du village; mais la nouvelle toiture d'un jaune frais et le
bleu grisâtre des murs récemment badigeonnés lui
donnaient un aspect de bonheur et de propreté.
L'instituteur racontant à sa jeune épouse les sacri-

fices que la commune avait faits pour réparer cette
maison, et s'excusant de ce que le peu d'épaisseur
des murs n'avait permis de la couvrir qu'en paille,
la bonne Thérèse lui répondit : « Oh! sois tranquille
sur ce point, mon ami; on peut vivre heureux sous
un toit de chaume quand on y renferme avec soi
l'amour de Dieu, la paix et la concorde. »

En visitant toutes les pièces, son étonnement s'accrut encore : les fenêtres, propres et claires comme
le cristal, procuraient une vue délicieuse sur un beau
et vaste jardin soigneusement cultivé; les murailles
étaient blanches comme la neige; le plancher, tout
neuf, reluisait de propreté. On voyait entre deux
croisées la table de travail de l'instituteur; devant
cette table, son grand fauteuil; et, contre une muraille latérale, une armoire vitrée renfermant la
bibliothèque. Au côté opposé se trouvait un excellent piano, élégant, d'un beau vernis, et fait, comme
le secrétaire, le fauteuil et les autres meubles, en
bois de noyer. Une très belle gravure, proprement
encadrée, représentant le divin ami de l'enfance qui
appelle à lui la tendre jeunesse et qui la bénit, était
suspendue près de la bibliothèque; au-dessus du
piano s'élevait une gravure non moins belle, une
sainte Cécile, patronne des musiciens, et, selon les
légendes, inventrice de l'orgue; entre les deux fenêtres, vis-à-vis de la porte, dans l'endroit le plus
apparent, on avait placé le plus admirable de ces
tableaux : c'était une *Sainte Famille*. Toutes ces
gravures, avec leurs jolis cadres de noyer bien poli,
faisaient un effet charmant sur le fond blanc de la
muraille, et contribuaient beaucoup à embellir ce
modeste et riant asile. Une table simple, recouverte
d'une toile cirée, et six chaises de paille formaient le
reste du mobilier. Hermann avait acquis une partie
de ces meubles avec le fruit de ses épargnes, et devait les autres à la reconnaissance de ses élèves.
Sur chaque fenêtre s'étendait une rangée de pots
à fleurs qui charmaient à la fois la vue et l'odorat.

Cependant Hermann craignait que Thérèse, ayant habité jusqu'alors des appartements bien tapissés et ornés de glaces, n'aimât pas trop ces murailles toutes nues, et ne regrettât un peu ses belles glaces. « Ah! répondit la jeune épouse lorsqu'il lui en parla, ces jolies plantes qui garnissent vos fenêtres décorent un appartement bien mieux que les fleurs peintes sur les tapisseries des riches; elles coûtent beaucoup moins, et elles ont un parfum agréable. Quant au manque de glaces, dis-moi, mon ami, le beau tableau de Jésus bénissant les enfants, image si convenablement placée dans la chambre d'un instituteur pour lui rappeler constamment ses saints et importants devoirs, et surtout la charmante gravure de la sainte famille, divin exemple de l'union et de la piété qui doivent régner dans une maison chrétienne, ne sont-ils pas à nos yeux les plus brillants, les plus utiles miroirs? Et cette sainte Cécile, que tu as placée au-dessus de ton piano, regarde comme elle élève ses regards vers le ciel en chantant les louanges du Seigneur : ne te semble-t-il pas y lire, comme dans un miroir, que nous devons sanctifier l'art sublime de la musique en élevant nos cœurs vers le ciel? »

Frappé des sages réflexions de sa jeune épouse, vivement ému, Hermann la conduisit vers le jardin. Depuis l'entrée jusqu'à la haie qui fermait l'enclos, on voyait un large chemin bien sablé, et bordé à droite et à gauche par des buissons de roses, des plants de fraisiers et de groseilliers, entremêlés de plates-bandes couvertes de fleurs et de jeunes arbustes. Au fond du sentier, tout au fond, s'élevait un beau pommier, grand, bien fleuri, et dont les larges branches ombrageaient un banc de gazon construit au pied de l'arbre. Le jardin était divisé en deux parties : la première, la plus proche de la maison, était plantée de légumes, qui, cultivés dans des carrés symétriquement alignés, et se trouvant alors tous en plein rapport, charmaient la vue par la variété de leur verdure; la seconde moitié du jardin formait le verger. Thérèse y trouva presque tous les arbres tellement surchargés de fruits, qu'il avait fallu en étayer les branches : les plus jeunes même prouvaient leur fécondité en offrant aux yeux enchantés quelques belles pommes ou quelques poires. Une herbe tendre et touffue, destinée à la nourriture de plusieurs vaches, croissait au pied de tous ces arbres. Dans un des coins du jardin s'élevaient une douzaine de ruches, et, pour les besoins des abeilles, l'intelligent Hermann avait semé tout autour des plantes aromatiques. Sur la colline située à côté du jardin et faisant partie de l'enclos appartenant à l'école, le houblon grimpait en serpentant autour de longues perches bien alignées et montait à une telle hauteur, que la lumière dorée du crépuscule du soir, traversant les interstices du feuillage, produisait un effet magique. Thérèse, charmée de tous ces embellissements, qui attestaient l'intelligence et l'activité de son époux, s'assit à côté de lui sur un banc de gazon près du pommier, et lui dit avec affection :

« Ah ! cher Frédéric, combien je suis enchantée de tout ce que je viens de voir ! ce sont là de ces merveilles que savent produire le travail et la persévérance. Tu viens ensuite de me prouver qu'il n'y a pas une seule situation dans la vie, quelque pénible qu'elle paraisse, qu'on ne puisse rendre supportable, et même agréable, par l'activité, la réflexion et l'industrie. Aussi comme tu dois jouir du succès de tes efforts ! Il y a trois ans cet enclos n'était qu'un terrain inculte, un triste désert, et aujourd'hui, tu le vois, par ton travail il est transformé en un lieu de délices. Oui, mon cher Hermann, je crois que nous vivrons heureux dans ce petit paradis que tes mains ont su créer pour y placer ton épouse. »

Après ces doux épanchements de deux âmes vertueuses, Hermann, se levant, dit à sa femme : « Viens, ma bonne Thérèse, j'ai encore quelque chose à te montrer. » Et il la conduisit à la classe,

où déjà presque tous les enfants étaient rassemblés
pour recevoir l'épouse de leur maître chéri. Ils avaient
même donné à cette réception un air de solennité.
Ce furent d'abord des exclamations de bienveillance
et d'allégresse; ensuite ils chantèrent en chœur quelques vers composés en l'honneur de Thérèse par un
ancien greffier du bailliage; puis un jeune garçon
portant un petit agneau orné d'un collier de rubans
roses, et une petite fille vêtue d'une robe blanche
et tenant deux jolies colombes, s'avancèrent en priant
l'épouse de leur bienfaiteur, dans un petit discours
simple et naïf comme leur âge, d'agréer ces dons de
l'innocence. Chacun des autres enfants s'empressa
ensuite d'offrir à son tour un petit présent champêtre : l'un une poule, l'autre une corbeille pleine
d'œufs, un panier rempli de fruits, un pot de miel,
de beurre, du lin fin et bien peigné, un jambon, ou
bien divers ustensiles de ménage. Thérèse, émue,
ne put retenir ses larmes à la vue de tant de cadeaux,
témoignage sincère de l'affection et de la gratitude
de ces aimables enfants pour son mari; et elle les
remercia avec une vive sensibilité. « Que de plaisirs à
la fois! s'écria-t-elle; je venais de me promener dans
un beau jardin, mais cette salle où je suis me semble un jardin beaucoup plus intéressant encore; car
j'y vois tous ces charmants rejetons qui, semblables
à de tendres fleurs et à de jeunes arbustes, donnent
les plus belles espérances à leurs heureux parents.

— Oui, dit le curé, vénérable vieillard qui se
trouvait présent, votre comparaison est parfaitement
juste. Puissions-nous, votre époux et moi, car votre
époux est ici mon fidèle collaborateur, puissions-
nous, avec la grâce de Dieu, avoir le bonheur de
bien élever ces précieuses plantes et de les garantir
de la perdition! Ah! plût au Ciel que toutes les écoles
fussent, comme la vôtre, des pépinières où l'on vît
croître et prospérer la piété, la vertu, l'amour de
l'ordre et du travail! »

II

Jeunesse de Thérèse.

Le père de Thérèse était l'intendant du comte de Lindenberg. La mort lui ayant enlevé son épouse de très bonne heure, il avait alors confié tous les soins du ménage à une domestique fidèle et laborieuse qui le servait depuis l'époque de son mariage. Le comte avait plusieurs enfants. Léonore, sa plus jeune fille, était du même âge que Thérèse; celle-ci fut élevée avec elle et devint sa compagne inséparable. Ces deux enfants reçurent ensemble les mêmes leçons; elles apprirent aussi ensemble tous les ouvrages de leur sexe, et finirent par se lier de l'amitié la plus intime.

Un jour le comte partit avec toute sa famille, et une nombreuse suite pour aller présenter ses hommages au prince régnant, qui devait passer dans la ville voisine. La jeune Léonore, sortant d'une maladie fort grave et entrant à peine en convalescence, resta seule au château; le médecin défendit expressément qu'elle s'exposât aux fatigues du moindre voyage. On lui laissa une femme de chambre chargée de la servir. Celle-ci, après le départ des maîtres, demanda à la jeune demoiselle la permission d'aller jusque sur la grand'route, à une demi-lieue, afin de voir défiler le cortège, promettant de revenir au plus vite : cette permission lui fut accordée. Tous les autres domestiques de la maison, comme presque tout le village, coururent également à l'endroit où devait passer le prince. Thérèse aurait pu suivre son père à la ville; mais, par amitié pour Léonore, elle préféra tenir compagnie à cette demoiselle. Par malheur la vieille bonne spécialement attachée à celle-ci éprouva le matin même une indisposition sérieuse, et Thérèse crut devoir rester auprès de cette fidèle domestique pour la soigner.

Seule dans sa chambre, Léonore ne tarda pas à s'ennuyer : l'air était doux, la matinée si belle! Léonore alla se promener dans le jardin : là elle visita ses fleurs oubliées et négligées pendant sa maladie. Elle vit son petit parterre presque tout brûlé par l'ardeur du soleil; à l'instant elle courut prendre un arrosoir et se dirigea vers un grand bassin situé au milieu du jardin, et d'où s'élançait un superbe jet d'eau. Pressée de remplir son arrosoir, elle le plongea dans le bassin; mais, au moment où, sans consulter ses forces, elle voulut le retirer, le pied lui glissa, et elle tomba dans la pièce d'eau, qui était très profonde. La frayeur et le froid la saisirent, et elle perdit tout à coup la respiration et l'usage de ses sens.

Dans cet instant même Thérèse regardait par la fenêtre donnant sur le jardin; elle vit tomber son amie, elle entendit le bruit sourd de sa chute. Soudain elle descend à pas précipités en criant au secours; elle s'élance vers la porte principale du jardin, qui se trouve fermée; alors se dirigeant vers une autre porte et redoublant ses cris, elle traverse la cour, et, presque hors d'haleine, elle arrive enfin à l'endroit fatal. La pauvre demoiselle, qui se débattait encore, éleva un de ses bras hors de l'eau. Ne consultant que son courage, Thérèse saute dans le bassin, saisit Léonore par le bras, et réussit, non sans peine, à la tirer de cet abîme. Léonore avait perdu connaissance, ses yeux semblaient fermés pour toujours, et la pâleur de la mort était répandue sur sa figure. Thérèse, cherchant à la rappeler à la vie, lui prodigua les soins les plus empressés; enfin elle rouvrit les yeux, les fixa sur sa libératrice d'un air effaré, et lui serra la main sans pouvoir prononcer une parole. Lorsqu'elle eut un peu recouvré ses sens, Thérèse la prit par le bras et la conduisit lentement au château, où elle la déshabilla et la fit coucher. Dès que la chaleur du lit lui eut rendu la voix et la raison, Léonore pressa contre son cœur la fille de l'intendant en versant des larmes de reconnaissance.

« Tu m'as sauvé la vie, lui disait-elle sans cesse; va, je ne l'oublierai jamais.

— Rendons toutes deux grâces à Dieu, ma chère demoiselle, répondit Thérèse; c'est lui seul qui m'a donné le courage et la force de vous retirer du bassin. »

A compter de ce jour, les liens de l'amitié qui unissaient les deux jeunes personnes se resserrèrent encore davantage, et elles ne se quittèrent presque plus. Leurs travaux, leurs plaisirs, leurs afflictions, tout fut mis en commun. L'une ne songeait qu'à être agréable à l'autre, et c'est ainsi qu'elles passèrent plusieurs années, se chérissant comme si elles eussent été deux sœurs. La délicatesse de leurs sentiments, également élevés, la même modestie et la même douceur de caractère, leur tendresse et leur union faisaient pour elles de la vie un paradis terrestre.

Cependant la guerre entre la France et l'Allemagne avait éclaté de nouveau. Les armées françaises s'approchaient. Le comte de Lindenberg, craignant de voir son château envahi, prit la résolution de se réfugier à Vienne avec sa famille. Léonore, en annonçant ce départ à son amie Thérèse, la pria en pleurant de l'accompagner dans ce voyage, et employa toute son éloquence pour l'y déterminer. « Cette province, lui dit-elle, va bientôt être occupée par l'ennemi; savons-nous ce qui peut arriver? Selon toute apparence, nous ne reviendrons pas de longtemps dans ce château, et nous serons hors d'état de te protéger, tandis que si tu es avec nous, nous ferons tout ce qui sera en notre pouvoir pour te rendre heureuse. Viens donc avec nous, chère Thérèse.

— Dieu sait quel est mon attachement pour votre

personne, répondit la jeune fille, et combien je souhaiterais sincèrement de ne jamais me séparer de vous; mais je ne puis abandonner mon père, surtout à présent que la mort nous a enlevé notre fidèle domestique, qui aurait pu prendre soin de lui en mon absence, et qu'il n'a plus d'autre soutien que moi. »

Une autre fois, lorsque Léonore, renouvelant ses instances, faisait à sa jeune amie une brillante peinture des merveilles de la résidence impériale, de toutes les fêtes et de tous les amusements dont on y jouissait, celle-ci répliqua :

« Et comment voudriez-vous, chère demoiselle, que je pusse me réjouir loin de mon père, le sachant vieux et infirme, privé des soins de sa fille, et ignorant ce qu'il est devenu? Cette seule idée empoisonnerait tous mes plaisirs et me ferait mourir de chagrin.

— Mais songe donc, chère amie, à la triste position où tu vas te trouver. Aussitôt après notre départ, le château sera fermé et abandonné; et dans tout le village il n'y a personne que tu puisses fréquenter. Quel ennui pour une personne de ton âge et de ton éducation!

— Ah! n'insistez pas, Mademoiselle; ne vous occupez pas de moi : tant que mon père aura besoin de ma présence, je ne verrai que lui : le reste de l'univers me sera indifférent. »

La comtesse de Lindenberg, mère de Léonore, aurait été bien aise aussi d'emmener Thérèse avec elle à Vienne; elle joignit donc ses sollicitations à celles de sa fille. « Viens avec nous, bonne Thérèse, tu tiendras compagnie à ma Léonore; elle ne pourra jamais rencontrer ailleurs une amie aussi fidèle, aussi sage et aussi dévouée que tu l'as été jusqu'à ce jour. Je te traiterai comme ma propre fille; et puis tu es d'un âge où il faut songer à te marier : à Vienne et sous notre protection, tu trouveras certainement un parti avantageux; et alors, ainsi qu'en toute occasion, j'agirai envers toi comme une mère pleine de tendresse. Décide-toi; tu n'auras pas lieu de t'en repentir, et tu seras heureuse avec nous. »

Thérèse, émue jusqu'aux larmes de ces témoignages de bonté, de confiance et d'attachement de ses maîtres, les en remercia dans les termes les plus touchants; mais elle protesta de nouveau qu'il lui était impossible de quitter son père dans ces temps de guerre et de malheurs.

« Eh bien, soit; au fait tu as raison, mon enfant, lui dit alors Mme de Lindenberg, je ne saurais te blâmer : je suis, au contraire, profondément touchée de tes nobles sentiments; que Dieu te récompense de ta tendresse filiale! Reste auprès de ton père pour le soigner, et sois la consolation et le soutien de sa vieillesse. Mais si tu as le malheur de le perdre, ne te regarde pas comme orpheline. Écris-moi alors sur-le-champ; je te fournirai les moyens de nous rejoindre; tu verras que je serai pour toi une seconde mère, et tu trouveras toujours dans ma fille une tendre sœur. »

Le jour du départ arriva : Léonore et Thérèse versèrent bien des pleurs en se séparant. Mme de Lindenberg fut si touchée de la tendresse réciproque de ces jeunes amies, que ses yeux étaient inondés de larmes, et le comte lui-même eut de la peine à cacher son émotion. Lorsque la voiture partit, Thérèse la suivit des yeux jusqu'à ce qu'elle eût disparu dans les montagnes voisines. Elle pleura, elle sanglota tellement que ses beaux yeux en furent gonflés et qu'un violent mal de tête la força de se mettre au lit.

Thérèse, restée auprès de son père, dont elle dirigeait le ménage, menait une vie paisible et heureuse. Comme elle aimait le travail, elle savait se créer des occupations et ne s'ennuyait jamais. Elle ne pensait ni au château ni au jardin, qui ne lui offrait plus aucun attrait. C'est ainsi que s'écoula la première année, lorsque le père reçut la nouvelle

de la mort de M. de Lindenberg. A défaut de fils,
le château avec ses dépendances échut en héritage
au plus proche parent. Celui-ci, regardant ce beau
domaine comme une possession mal assurée au milieu des chances d'une guerre qui se prolongeait, le
vendit. Un marchand de blé qui s'était enrichi par
des fournitures à l'armée l'acheta, et fit beaucoup
de changements, tant dans les dispositions locales
que dans le personnel du château; l'intendant fut
congédié. Thérèse et son père quittèrent donc leur
ancienne demeure et allèrent se loger au village
dans un modeste appartement composé de deux petites chambres et d'une cuisine. Leur pension de retraite était fort modique, et ne fut pas toujours exactement payée, à cause de la guerre, ce qui les
exposait quelquefois à de dures privations. Heureu-
sement la bonne fille sut y suppléer par son travail,
et préserver ainsi de la misère l'auteur de ses jours.
Elle était fort adroite à tous les ouvrages de femme;
elle passait la journée, et souvent une partie des
nuits, à coudre ou à broder; de cette façon elle gagna toujours quelque chose. En outre, elle savait
gouverner son petit ménage avec tant de soin et d'intelligence, que son père chéri ne manqua presque
jamais d'aucune des ressources dont la vieillesse a
besoin.

Cependant sa santé s'affaiblissait de jour en jour,
et bientôt il fut obligé de garder le lit. C'est alors
que les soins et les attentions de sa fille redoublè-
rent. Elle veillait à côté de lui, travaillait sans se
lasser jusque bien avant dans la nuit à la faible
lueur d'une lampe, et ne cessait de prier pour lui;
enfin elle lui prodigua tous les adoucissements,
toutes les consolations qui pouvaient dépendre d'elle.
Charmé de la vertu de la bonne Thérèse, le père
versa souvent des larmes de joie et d'attendrissement. « Tu fais beaucoup pour moi, ma chère enfant; je vois tous tes sacrifices, et je t'en remercie.
Dieu récompensera un jour ta piété filiale; Dieu aura

égard à la bénédiction de ton père, et tu seras heureuse. » Telles furent les dernières paroles de ce respectable vieillard, qui mourut entouré de toutes les consolations de la religion et regretté de tous ceux qui l'avaient connu.

Après la mort de ce père chéri, Thérèse, se voyant orpheline et sans ressources, se rappela les offres de Mme de Lindenberg; elle se disposait à lui écrire, lorsqu'elle reçut de Léonore son amie une lettre qui lui donnait des nouvelles bien affligeantes. Mme de Lindenberg aussi venait de mourir; et, ayant perdu depuis longtemps ses revenus par suite des malheurs de la guerre, elle avait laissé sa fille dans une position d'autant plus triste qu'elle se voyait forcée de vivre en Bohême auprès d'une vieille tante orgueilleuse, avare et méchante, qui n'avait aucun égard pour elle, et traitait sa nièce avec la même dureté dont elle aurait usé envers la dernière des domestiques. Enfin toute la lettre était remplie de détails si navrants, que Thérèse, oubliant ses propres peines, versa des larmes de douleur et de compassion sur le malheureux sort de son amie.

Thérèse, voyant s'évanouir tout espoir de rejoindre Léonore et de vivre avec elle, puisque cette noble demoiselle était devenue aussi une pauvre orpheline, quitta le village et se rendit chez son oncle Hilmer, qui demeurait dans une ville située à une assez grande distance de là. Elle en fut très bien accueillie : il la traita avec une tendresse vraiment paternelle. Bientôt Thérèse, vertueuse, modeste et sage, et de plus douée d'une figure agréable, fut demandée en mariage par plusieurs jeunes gens de bonne famille. Elle aurait pu trouver un établissement avantageux; mais elle préféra à tous les prétendants le pauvre instituteur Hermann, qu'elle avait connu chez son oncle, et qui joignait un bon caractère à de nobles sentiments. D'ailleurs elle avait une prédilection marquée pour sa profession d'instituteur, dont bien des gens ne savent pas assez apprécier l'importance.

Cependant, avant de manifester son inclination, elle crut de son devoir de consulter son oncle, qui approuva entièrement son choix, et qui lui dit : « Tu as bien fait, ma nièce, de donner la préférence à ce jeune homme, que je connais de longue date pour être pieux, instruit, d'un naturel excellent et d'une conduite irréprochable; ces qualités sont infiniment plus précieuses que la fortune qui lui manque. Sa position n'est pas brillante, et son traitement est modique, je le sais; mais avec son activité et son économie ses revenus modestes lui suffiront. D'ailleurs, se livrant tout entier aux devoirs de son utile et honorable profession, il saura faire beaucoup de bien, et son mérite ne tardera pas à être remarqué dans le corps enseignant. Je vois avec plaisir que vos cœurs et vos caractères sympathisent; ainsi je crois que tu seras heureuse avec lui. La Providence veillera sur votre ménage et suppléera à vos faibles ressources. Ton père intercédera pour toi dans le ciel; car les preuves d'amour filial que les enfants donnent à leurs pères et à leurs mères, et la bénédiction paternelle qui en est la suite, sont un riche trésor qui tôt ou tard porte ses fruits. »

III

Bonheur domestique.

Hermann et Thérèse, dans leur demeure champêtre, embellie encore par leur jardin fertile et bien cultivé, jouissaient d'un bonheur tranquille. Aimant Dieu de toute leur âme, ils trouvaient chaque jour de nouveaux motifs d'admirer les preuves de sa bonté et de lui en rendre grâces. N'ayant qu'un seul cœur et une seule volonté, accoutumés dès l'enfance à

dominer l'emportement et la mauvaise humeur, ils
savaient entretenir leur union par des égards et des
attentions réciproques; et jamais il ne leur arriva
d'échanger une parole désobligeante, tant ils met-
taient de soin à éviter tout ce qui pouvait troubler
leur ménage. N'étant tourmentés par aucun désir
frivole et ne faisant jamais de dépenses inutiles, ils
avaient la sagesse de se contenter du peu qu'ils pos-
sédaient. La sobriété, l'ordre et l'économie qui régnaient chez eux leur procuraient encore, malgré la
modicité de leur revenu, le moyen de trouver toujours de quoi exercer des actes de bienfaisance envers
les nécessiteux; ils parvinrent même à mettre quelques épargnes en réserve pour les moments de gêne,
dont les familles les plus aisées ne sont pas exemptes.
Ce qui contribuait essentiellement à leur bonheur,
c'était leur activité et leur amour pour le travail.
L'instituteur remplissait avec un grand zèle et une
scrupuleuse exactitude les devoirs de sa charge, et
les progrès de ses élèves étaient pour lui une source
pure de jouissances véritables. Les moments qui res-
taient à sa disposition, il les consacrait à la culture
de son jardin. Thérèse prenait soin du ménage, qui
était un modèle d'ordre et de propreté; et elle aussi,
profitant de l'intervalle des classes, retenait les
jeunes filles pendant une heure pour leur apprendre
à tricoter, à coudre et à raccommoder le linge. Elle
savait égayer ce travail et lui donner de l'attrait en
racontant à ses écolières quelque histoire instructive
et morale, ou en chantant avec elles de beaux cantiques.

Son habileté dans la couture et dans la broderie
ne tarda pas à être connue; bientôt de toutes parts
on lui apporta de l'ouvrage : de manière qu'elle aug-
mentait en même temps ses ressources et ses épargnes.

Nous avons dit que l'instituteur employait ses
loisirs à cultiver son jardin. Son désir de se rendre
utile le porta à se faire accompagner toujours par un
certain nombre de ses écoliers, auxquels il apprenait

à planter, émonder et greffer les arbres ; il leur
montrait par ses préceptes et par sa pratique la meilleure manière d'assurer la prospérité d'un verger.
De son côté, Thérèse enseignait aux jeunes filles
l'art de cultiver les légumes, de les confire pour
l'hiver, de conserver les fruits ; elle leur donnait encore mille autres petites notions qui pouvaient un
jour leur être utiles. Quand le soir était arrivé, les
deux époux se félicitaient d'avoir si bien employé
leur journée. « Ah ! qu'on est heureux, se disaient-
ils, quand on peut contribuer au bonheur de ses
semblables ! »

Les deux époux trouvèrent encore une source iné-
puisable de félicité dans l'inclination de leurs propres
enfants ; car le Seigneur avait béni leur union par la
naissance de plusieurs rejetons charmants. Catherine, l'aînée de tous, avait les yeux bleus et la chevelure blonde de sa mère, à laquelle elle ressemblait
beaucoup ; il en était de même de Sophie, la seconde ; mais le troisième, Frédéric, joli petit garçon,
était vif et spirituel comme son père, dont il était
la parfaite image. Plus tard ils en eurent encore d'autres. Tous avaient la fraîcheur de la rose, la beauté
et l'innocence des anges. A peine les aînés commen-
cèrent-ils à parler, qu'ils témoignèrent de jour en
jour plus de respect et de tendresse à leurs parents :
l'amour que ces derniers ressentaient pour eux s'accrut aussi journellement. Les deux époux réunirent
leurs efforts et leurs soins pour bien élever ces enfants, qui, sages, dociles et intelligents, devinrent
la consolation et la joie des auteurs de leurs jours, et
les récompensèrent amplement, par leur tendresse
filiale autant que par les progrès rapides qu'ils firent
dans leur instruction, du surcroît de dépense que
cette nombreuse famille occasionnait dans le ménage de l'instituteur. En un mot, Hermann et Thérèse, voyant que leurs soins pour l'éducation de
leurs enfants portaient de si heureux fruits, se sen-
tirent au comble de la félicité.

Alors, quand par de belles matinées de printemps l'heureuse mère, assise à l'ombre du grand pommier, occupée à ses ouvrages d'aiguille, se voyait entourée de ses jolis enfants, les uns à ses pieds jouant avec des fleurs, les autres plus grands bondissant çà et là dans les allées du jardin, et revenant souvent lui adresser toutes sortes de questions enfantines, tandis que tout autour d'elle était verdoyant et en floraison; lorsqu'elle entendait sur sa tête l'agréable gazouillement de la fauvette et de ses petits, nichés dans les branches de l'arbre, son cœur maternel se dilatait, et elle accompagnait de sa voix pure et mélodieuse le chant de la fauvette, qui semblait dire : « Et moi aussi je goûte le bonheur d'être mère. »

Plus tard, les enfants commençant à grandir, elle prit l'habitude de leur chanter quelques couplets à la portée de leur intelligence, et qui avaient pour but de réveiller de bonne heure dans leurs jeunes âmes le goût de tout ce qui est vrai, beau et bon. Semblables à de jeunes oiseaux, les enfants se mirent bientôt à répéter les chants de leur mère. Un jour Hermann, témoin de cette scène touchante, en fut tellement ému, qu'il composa tout exprès une petite chanson pour la mère et ses enfants. Quoique fort simple et rédigée sans art, cette chansonnette était si bien adaptée au lieu et aux circonstances, que les enfants en furent ravis, et qu'elle fit la plus profonde impression sur leurs jeunes cœurs.

Or, vers la fin de la même semaine, par une matinée délicieuse, peu d'instants après le lever du soleil, dont les rayons dorés commençaient à projeter une vive lumière sur les coteaux et les vallons d'alentour, tandis que le bel azur du ciel n'était troublé par aucun nuage, et que la rosée étincelait encore comme une magnifique parure de diamants sur les feuilles et les fleurs du jardin, la tendre mère se rendit comme de coutume, entourée de sa famille, à sa place favorite, sous le grand pommier,

Thérèse retenait les jeunes filles pour leur apprendre
à tricoter.

et là, elle chanta avec elle, pour la première fois,
cette charmante composition, dont voici les paroles :

CANTIQUE DU PRINTEMPS

Regardez, ô mes chers enfants,
Et voyez comme nos vallées
Sous le doux souffle du printemps
Semblent déjà renouvelées.

Quel est donc cet esprit divin,
Quel est ce bienfaisant génie,
Qui fond la neige du ravin
Et couvre de fleurs la prairie ?

Qui sut attacher dans les cieux
L'astre, flambeau de la nature ?
Et qui, pour enchanter nos yeux,
Créa les fleurs et la verdure ?

Il n'est qu'un être bienfaiteur
Capable de bontés pareilles.
Vous le savez, c'est le Seigneur
Qui d'un mot créa ces merveilles.

Il planta le chêne géant
Et sema l'humble violette ;
Sur le petit et sur le grand
Veille sa tendresse inquiète.

Oui, tout ce qu'embrassent nos yeux,
Le corps, l'âme, l'intelligence,
Ne sont que les dons précieux
De sa divine bienfaisance.

Élevons vers ce Dieu de paix
Nos cœurs, nos voix, notre espérance.
Pour le payer de ses bienfaits
Il n'est que la reconnaissance.

Est-il un mortel assez vain
Pour lui refuser son hommage,
Lorsque ce créateur divin
Veut notre amour pour tout partage ?

Joignez-vous donc à mes accents,
Et priez avec votre mère.
Dieu toujours aima les enfants :
Il entendra votre prière.

Et vous, Seigneur puissant et doux,
Répandez vos grâces divines
Sur ces innocents, qui vers vous
Élèvent leurs mains enfantines.

Qu'ils aient le pain de chaque jour
Et ce qu'exige la nature ;
Surtout qu'ils gardent votre amour,
Et leur cœur sans nulle souillure.

Daignez diriger tous leurs pas
Au milieu d'un monde rebelle,
Pour qu'après l'heure du trépas
Ils goûtent la paix éternelle.

Grâce à votre divin secours,
Que tous gardent la droite voie :
Que puissions-nous être à toujours
Unis près de vous dans la joie !

Tant que dura la belle saison, cette espèce de cantique fut répété chaque matin à l'ombre du pommier. Ensuite il fut remplacé par d'autres compositions analogues aux saisons, mais toutes remplies de sentiments de piété, de vertu, et surtout d'amour et de reconnaissance envers Dieu. Hermann et Thérèse avaient soin de varier ces pieux exercices du matin en donnant à leurs enfants des instructions religieuses ou des leçons de morale, qu'ils rendaient plus sensibles et plus pénétrantes par des histoires et des récits touchants et pleins d'intérêt. Aussi les enfants assistaient à ces matinées de famille avec un plaisir toujours nouveau et y gagnèrent beaucoup. C'est par de semblables moyens que ces estimables parents savaient inspirer à leur jeune famille des sentiments religieux, et profiter de toutes les circonstances pour les porter à l'amour de Dieu et à la pratique de la vertu.

IV

Les épreuves de la piété.

Mais, plus puissant encore que leurs paroles et leurs belles exhortations, leur bon exemple faisait sur les enfants l'impression la plus heureuse ; de même que le père et la mère offraient aux yeux de toute la contrée le modèle des parents vertueux et des heureux époux, de même aussi ces enfants se distinguèrent dans tout le village par leur sincère dévotion, leur innocence, leur douceur et leur bonne conduite. Le vénérable curé disait souvent à ses paroissiens : « La famille de l'instituteur est une des plus estimables et des plus heureuses que j'aie jamais connues : savez-vous pourquoi ? C'est qu'elle ne cherche son bonheur que dans l'amour de la religion et de la vertu. »

La félicité domestique dont jouissaient l'instituteur et sa famille était grande sans doute, et ils en étaient bien dignes ; cette félicité ne fut pourtant pas sans mélange : nos deux époux eurent aussi à essuyer leur part de revers, de peines, car nulle existence humaine n'en est exempte sur la terre ; mais ils les supportaient avec cette résignation chrétienne qui les rend méritoires aux yeux de Dieu. Ils disaient souvent : « Il ne serait pas bon qu'il fît toujours du soleil, et que le ciel fût constamment serein et sans nuages ; il faut qu'il y ait aussi des jours sombres et pluvieux, des orages pour que la terre puisse se rafraîchir et faire croître et prospérer les plantes et les fruits. De même, dans cette vie, il faut qu'il y ait des orages et des temps contraires ; ils servent à fortifier et à faire mûrir la vertu, et à la préparer pour une moisson abondante dans l'éternité. »

Une disette survint tout à coup dans le pays ; le blé et les autres denrées coûtèrent le double de leur prix ordinaire. Les faibles revenus de l'instituteur ne suffisaient déjà presque plus dans les temps d'abondance pour nourrir onze personnes ; car Thérèse avait alors neuf enfants. Elle passait tout son temps à les soigner, à coudre, à tricoter et à raccommoder pour eux, au point qu'elle ne pouvait plus travailler pour les personnes du village, et par conséquent elle ne gagnait plus rien pour augmenter les ressources du ménage. La disette dont le pays était affligé jeta donc ces braves gens dans une situation très pénible.

Un jour la bonne mère dit à son mari : « Hélas ! mon cher Frédéric, j'ai une triste nouvelle à t'apprendre : dans quelques jours notre provision de farine sera épuisée : où prendrons-nous du pain pour tant de bouches, sans compter les autres dépenses nécessaires ? Ce matin encore le cordonnier nous a apporté trois paires de souliers qu'il a raccommodées et deux autres paires neuves. Ton habit gris que tu portes tous les jours est tellement usé qu'il t'en faut absolument un autre, et je ne sais où prendre assez d'argent pour nous vêtir et nous entretenir, nous et nos enfants. Comment ferons-nous ? »

Après ces paroles elle resta en silence et tout affligée. Son mari, cherchant à la consoler, se mit à son piano, et chanta le beau cantique suivant :

Dans ses chagrins, l'homme qui se confie
En la bonté du divin Créateur,
Verra toujours sa prière accomplie,
Et tôt ou tard finira sa douleur.
Dans les malheurs comme dans la souffrance,
Celui qui tient son cœur toujours fervent,
Et qui dans Dieu place son espérance,
Ne bâtit pas sur un sable mouvant.

Défendons-nous d'une plainte importune
Et gardons-nous d'un sombre désespoir ;
Pourquoi toujours pleurer notre infortune ?
Pourquoi gémir du matin jusqu'au soir ?

De notre cœur la funeste blessure
Ne guérit pas dans ces chagrins amers,
Et se livrer à ce constant murmure,
C'est ajouter aux maux qu'on a soufferts.

Respectons tous la sainte Providence,
Résignons-nous à ses sages décrets,
En attendant que sa toute-puissance
Nous rende enfin le bonheur et la paix.
Le Dieu d'amour qui créa notre espèce,
Pour y choisir ses élus triomphants,
Bien mieux que nous, dans sa haute sagesse,
Sait ce qu'il faut à ses faibles enfants.

Gardons-nous bien, dans l'excès de nos peines,
De nous penser abandonnés des cieux,
Et d'envier les richesses humaines
Comme les fruits de leurs dons précieux.
Ce ne sont pas les puissants de la terre
Qui sont toujours bénis par le Seigneur.
Et bien souvent le pauvre en sa misère
Est plus près qu'eux du solide bonheur.

Que sont pour Dieu notre or, notre puissance?
Il lui suffit d'un moment, d'un coup d'œil,
Pour élever le pauvre à l'opulence,
Pour renverser le riche et son orgueil.
Adorons donc sa suprême justice,
En sa douceur plaçons tout notre espoir,
A nos désirs son cœur sera propice,
Et sa bonté sur nous se fera voir.

Les enfants les plus avancés en âge et la mère elle-même accompagnèrent de leur voix cet hymne, dont les paroles consolantes leur rendirent le courage.

A peine avaient-ils terminé leur chant, que le curé entra dans l'appartement où toute la famille était rassemblée. « Je sors de chez un malade, leur dit-il, et, en passant devant cette maison, votre chant a frappé mes oreilles : j'ai écouté, et je suis vivement touché de votre confiance en Dieu dans ces temps de calamité. Mais qu'avez-vous donc? vous paraissez tous bien tristes. »

Hermann confia au vénérable pasteur les difficultés dont ils étaient entourés, et les inquiétudes de sa femme au sujet de la subsistance de leur nombreuse famille.

« Eh bien ! mon cher instituteur, et vous, brave dame, ne vous chagrinez point. J'ai encore dans mon grenier plusieurs sacs de blé, je vous les céderai au prix ordinaire pour nourrir vos enfants. Si j'étais plus riche, je vous en ferais cadeau, et même je voudrais vous offrir de l'argent ; mais mes moyens ne me le permettent pas, mes fonds sont épuisés. Vous me rembourserez la valeur de ce blé dans des moments plus heureux. Adieu, mon cher ami, je suis obligé de vous quitter plus tôt que je ne voudrais ; venez me voir ce soir. Adieu. »

Toute la famille fit éclater ses transports, et témoigna au charitable curé sa vive gratitude en couvrant ses mains de baisers et en les mouillant de larmes de reconnaissance, plutôt qu'en articulant des paroles. Cette provision de froment leur dura jusqu'à la moisson, qui, se trouvant très abondante, fit cesser cette disette, et remit les vivres au prix ordinaire. La détresse à laquelle ils avaient été réduits leur fut salutaire, en leur fournissant la preuve que Dieu ne nous abandonne jamais dans le besoin. « Malgré notre misère, mes chers enfants, leur dit l'instituteur, vous n'êtes jamais allés vous coucher sans manger. Notre inquiétude était donc plus grande que notre détresse. Que Dieu est bon ! il nous a secourus et nous a envoyé du pain au moment où nous en avions le plus grand besoin. Rendons-lui grâces de tout notre cœur, et ne nous laissons jamais ébranler dans notre confiance en sa tendre sollicitude pour nous. »

Les enfants reconnurent dans leur cœur combien est grande la tendresse paternelle de Dieu à notre égard : ils reconnurent de plus en plus que lui seul est le père nourricier de toute la nature, et depuis cette époque ils firent avec beaucoup plus de ferveur qu'auparavant leurs prières avant et après le repas. C'est seulement alors qu'ils comprenaient dans toute leur profondeur ces belles paroles de l'Écriture : *Les regards de toutes les créatures sont fixés sur toi, Seigneur ; c'est toi qui les nourris quand l'heure en est venue.*

Quelque temps après, les enfants furent presque tous à la fois attaqués de la fièvre scarlatine. Leur tendre mère volait d'un lit à l'autre pour leur prodiguer les soins les plus empressés. Elle passa plusieurs nuits auprès d'eux sans fermer l'œil. En vain Hermann la conjurait de prendre quelques heures de repos, et lui promettait de la remplacer auprès des enfants ; l'excès de son inquiétude maternelle ne lui permettait pas de se livrer au sommeil.

« Il y a trop de malades, lui disait-elle ; à peine si nous suffirons tous deux à les soigner. » Son mari la secondait de son mieux, et lui épargnait autant de peines qu'il pouvait. Mais d'autres soucis vinrent encore tourmenter le cœur de cette excellente mère de famille. Leur pauvreté dans ces circonstances cruelles et le besoin d'argent lui arrachèrent souvent des larmes. « Hélas ! s'écriait-elle en sanglotant, avoir tant d'enfants malades, et ne pas posséder un sou, pas la moindre ressource ! Comment nous tirer d'une situation aussi désespérante ? Ah ! mon Dieu ! mon Dieu ! mon cœur se brise, ayez pitié de moi ! »

Son mari, lui ayant adressé quelques tendres exhortations, s'assit encore à son piano, et chanta d'une voix touchante et véritablement inspirée les stances suivantes :

> Aux décrets du Seigneur confions notre sort :
> Dieu, qui fit les clartés de la céleste voûte,
> Saura bien, s'il le veut, nous indiquer la route
> Qui, parmi tant d'écueils, doit nous conduire au port.
>
> Repose-toi sur lui du soin de ton bonheur,
> Laisse là les chagrins où ton âme se noie ;
> Ton faible jugement ne peut sonder la voie
> Par où veut te guider ton puissant Créateur.
>
> Toi seul connais, grand Dieu, ce qu'il faut aux mortels ;
> Quand tu veux éprouver ou bénir leur constance,

Des moyens merveilleux secondent ta puissance,
Et rien ne peut fléchir tes décrets éternels.

Repose-toi, mon âme, en ton Père divin ;
Ton bonheur est son but, et sa main tutélaire
Fera tourner à bien cet excès de misère
Qui te fait aujourd'hui déplorer ton destin.

Dans nos maux que la foi reste notre soutien ;
Dans nos cœurs éplorés qu'elle appelle la grâce ;
Et, quel que soit ici le sort qui nous menace,
Nous pourrons dans le ciel goûter le seul vrai bien.

Ces strophes consolantes calmèrent la mère affligée, et peu de temps après les enfants se trouvèrent guéris.

Ce malheur passager ne fut pas non plus sans fruit pour la famille : les enfants surent mieux apprécier toute la tendresse de leurs parents et toute l'étendue de leurs sacrifices : ils virent combien ils en étaient aimés, et leur piété filiale s'en accrut. Après leur rétablissement, Catherine disait bien souvent à sa mère : « Ma chère maman, je n'oublierai jamais votre tendre et active sollicitude durant le cours de ma cruelle maladie. Je sens profondément tout ce que je vous dois ; je ferai tout ce qui dépendra de moi pour ne pas affliger une si excellente, une si tendre mère ; je m'appliquerai constamment à me rendre digne de votre bonté par ma docilité, mon zèle et ma bonne conduite. »

Tous les autres enfants exprimèrent à leur père et à leur mère de semblables sentiments, et ce redoublement de tendresse réciproque rendit la famille plus heureuse encore qu'elle ne l'avait jamais été. Les enfants connurent aussi le prix de la santé, et, en remerciant le bon Dieu de les avoir guéris, ils le prièrent de ne plus les affliger par de nouvelles maladies.

C'est ainsi que Dieu se servit de la fièvre même pour leur ouvrir une nouvelle source de bénédictions, de tendresse et de félicité domestique.

V

Maladie de la mère de famille.

Cette période de difficultés et de chagrins une fois passée, notre instituteur et sa famille revirent des jours heureux. De bonnes récoltes succédant à la disette avaient répandu l'abondance dans le pays, et les vivres devenaient à très bon marché. Il fut pour lors facile au brave Hermann et à sa digne épouse de rétablir leurs petites affaires et de remettre leur nombreuse famille dans une modeste aisance. Plusieurs années s'étaient écoulées ainsi rapidement au sein du contentement et du bonheur domestique, sans qu'aucun accident fût venu troubler leur repos, lorsque Dieu soumit ces mortels vertueux à une nouvelle épreuve.

L'instituteur avait accueilli avec des transports de joie la naissance de son neuvième enfant ; mais cette fois les couches de son épouse chérie furent tellement pénibles et dangereuses, qu'elle fut longtemps obligée de garder le lit.

Cependant, à force de soins et d'attentions, son état s'améliora peu à peu, et bientôt elle put se lever quelques heures chaque jour. C'est dans ces circonstances qu'arriva l'anniversaire de la naissance de sa fille Catherine, et la veille elle resta debout toute la journée. Trop faible encore pour pouvoir se livrer aux occupations du ménage, et ne voulant pas rester oisive, elle alla prendre dans son armoire un chapeau de paille qu'elle avait porté autrefois à Lindenberg avant d'être mariée, et se mit à l'arranger pour Catherine, pensant le lui offrir pour le jour de sa fête. Quoique le chapeau se trouvât endommagé en plusieurs endroits, elle sut si bien le restaurer, qu'on l'aurait pris au premier coup d'œil pour un chapeau tout neuf.

La jeune Catherine reçut avec une joie infinie ce cadeau qui venait de coûter tant de travail à sa bonne mère. Elle en admira surtout la forme gracieuse. Oh! qu'un joli nœud de rubans de couleur foncée irait bien sur le jaune tendre de cette paille! pensait-elle; et que je serais aise si mon papa avait la bonté de me faire présent de la petite somme qu'il faudrait pour en acheter à mon goût! Sans doute, si je l'en priais, il me la donnerait tout de suite; mais non, n'en disons rien au cher papa; il est déjà tellement surchargé de tant de dépenses nécessaires à notre entretien, que ce serait un véritable péché de lui demander encore de l'argent pour une parure inutile.

La bonne Thérèse avait pris plaisir à s'occuper durant toute la journée de l'arrangement de ce chapeau destiné à sa fille chérie; mais cette application, dans son état de faiblesse, augmenta son mal de tête au point qu'elle s'en plaignit vivement; et quand la nuit fut venue, elle eut un accès de fièvre si violent, qu'on fut alarmé de son état. Hermann, effrayé, se leva et alla réveiller le plus âgé des enfants.

Tous accoururent en pleurant et en sanglotant, autour du lit de leur mère; la désolation était profonde et générale. « Ah! ma bonne, ma chère maman! s'écria l'une des plus jeunes en tendant ses petits bras vers sa mère, ne meurs pas, je t'en prie! » Les cris et les gémissements de ceux qui étaient levés réveillèrent les autres. Ils se mirent également à pleurer, même le plus petit, qui commença à crier de toutes ses forces dans son berceau. La vue et les lamentations de tous ses enfants agitèrent douloureusement l'âme de la tendre mère. Alors Hermann, pour la soulager, les fit sortir de la chambre et les conduisit dans la salle d'étude, en leur disant: « Mes petits amis, mes chers enfants, vos cris ne rendront pas la santé à votre mère; au

contraire, ils augmenteront son mal. Allons plutôt
prier le bon Dieu pour elle. » Tous s'agenouillèrent
à l'instant même, et élevèrent au ciel leurs mains
suppliantes. Le père, se voyant au milieu de la
nuit, à la faible lueur d'une lampe, entouré de ce
cercle de tendres enfants offrant au Seigneur leurs
supplications pour une mère malade, sentit son
cœur se briser. Catherine, portant dans ses bras le
dernier de ses frères, se mit à réciter la prière suivante : « Père céleste, ah ! ne nous enlevez pas notre
bonne mère : nous vous en conjurons, rendez-lui la
santé. » Hermann joignit ses vœux aux leurs, et dit
à Dieu du fond de son âme : « Oui, Seigneur, Dieu
de bonté, mon seul soutien dans cette désolation,
vous voyez la douleur et les larmes de ces neuf enfants. Oh ! daignez les écouter favorablement, et ne
leur ôtez pas cette mère si tendre, qui leur est encore bien nécessaire. Dieu tout-puissant, ayez pitié
de nos pleurs. »

Ensuite il entra dans la chambre, et s'assit auprès du lit de son épouse. Tous ses membres trem-
blaient d'inquiétude ; sa figure était aussi pâle que
celle de Thérèse, qui, étant revenue de sa faiblesse,
lui tendit la main, et lui dit : « Ne t'inquiète donc
pas tant, mon cher Frédéric, je me sens déjà mieux ;
Dieu ne nous abandonnera pas, il me rendra la
santé. Ainsi calme-toi, et fais recoucher les enfants. »
Il obéit. Catherine et Sophie restèrent seules jusqu'au jour près de leur mère, et, assistées de leur
père, elles lui donnèrent les plus tendres soins. Cependant la nuit se passa dans les craintes les plus
vives et dans des prières continuelles pour la guéri-
son de la malade.

Le lendemain, au lever de l'aurore, Catherine
courut avertir sa marraine, la femme du garde forestier. Cette dame charitable accourut sur-le-champ.
Hermann la pria de rester auprès de Thérèse et de
la garder, tandis qu'il irait à la ville chercher un
médecin. A l'instant il prit sa canne et son chapeau,

et se disposa à partir. « Reste ici, mon bon ami, lui dit son épouse; le docteur et les médicaments sont trop chers pour nous; déjà nous avons entamé le trimestre de traitement qu'on a bien voulu nous payer d'avance; ménageons notre argent; je me sens déjà beaucoup mieux; et j'espère que Dieu seul sera mon médecin. Tu verras que dans deux à trois jours ce ne sera plus rien. »

L'instituteur voulait toujours partir; la femme du forestier dit alors : « Mon cher Hermann, je crois que votre femme a raison; je pense aussi que l'accès qui lui est survenu la nuit dernière n'est pas aussi dangereux qu'il l'avait semblé au premier abord. Hier, bonne Thérèse, vous avez abusé de vos forces en quittant sitôt le lit, et en restant debout toute la journée pour travailler au chapeau de Catherine. C'était une imprudence très grave dans votre état de convalescence; la faiblesse et le malaise de cette nuit en sont les suites. Mais, croyez-moi, ce ne sera rien, tout cela se passera, je le sais par expérience. L'année dernière, vous devez vous en souvenir, la même chose m'est arrivée. Le docteur de la ville vint; il me prescrivit une légère tisane, simple décoction de certaines herbes, et ce remède me rétablit promptement. Les plantes que j'ai employées se trouvent dans nos contrées, je puis les indiquer; ayez-en, et vous verrez qu'elles vous procureront le même soulagement qu'à moi. »

Thérèse prétendait que sa voisine avait raison; mais le mari ne fut pas du même avis, et fit plusieurs objections fort justes. « D'abord les circonstances, leur dit-il, ne me paraissent pas tout à fait semblables. Puis, les tempéraments et les maladies étant variés à l'infini, tel remède qui convient à une personne ne vaut rien pour une autre, et, loin de lui faire du bien, aggrave souvent son état. Le médecin seul peut apprécier ces différences, et prescrire ce qu'il faut à chacun. » Il allait donc partir malgré toutes les observations; mais la malade le pria avec

insistance de rester et d'attendre, afin de voir l'effet
de la tisane qui avait fait tant de bien à la marraine
de Catherine. « Ce remède ne peut nuire en aucune
façon, ajouta celle-ci; d'ailleurs si, contre toute
attente, Thérèse a un nouvel accès, il sera toujours
temps d'appeler le médecin. »

Catherine, qui avait déjà cueilli pour sa marraine
les plantes indiquées par celle-ci, offrit d'aller en
chercher tout de suite. Hermann eut bien de la peine
à consentir à cette épreuve, et il assura en même
temps que, si le surlendemain la malade n'était pas
mieux, rien au monde ne pourrait l'empêcher de
faire venir le docteur. « Hélas! dit-il, je crains que
déjà nous n'ayons perdu trop de temps, et que, pour
avoir voulu éviter quelques faibles dépenses, nous
ne soyons forcés d'en faire de plus grandes; nous
aurions dû suivre la vieille et bonne maxime qui dit
qu'aux passions et aux maladies il faut couper court
dès le principe, sans quoi l'on risque d'arriver trop
tard pour les combattre et pour y porter remède. »

VI

La châtelaine.

Catherine mit le chapeau de paille que sa mère
lui avait arrangé la veille, prit un panier sous son
bras, et alla chercher les plantes que sa marraine
avait désignées. « Je reviendrai bientôt, chère maman, dit-elle en sortant; car il y a de ces herbes en
abondance parmi les ruines du vieux château, là-
haut sur la montagne. » Alors le petit Frédéric se
mit à dire à sa sœur : « Prends garde, Catherine,
ne t'approche pas trop du château, car tu sais bien
qu'on dit généralement que la châtelaine apparaît
de temps en temps dans les ruines, et qu'elle n'aime

pas les enfants; elle pourrait bien te faire du mal.

— Bah! reprit Catherine, ne crois donc pas cela : ce n'est qu'un conte inventé pour effrayer les enfants indociles, afin qu'ils ne se hasardent pas à grimper sur ces hautes murailles, du haut desquelles une pierre pourrait tomber sur eux et les écraser. »

Elle traversa le jardin, et en passant elle arracha une branche de houblon parfaitement mûr, ornée de ses feuilles d'un vert foncé et de ses petits fruits à écailles verdâtres. Elle disposa cette branche de fleurs de houblon en guirlande autour de son chapeau de paille, pour remplacer le ruban qui lui manquait, et, après avoir considéré un instant avec plaisir l'agréable effet de cette nuance de couleur sur sa nouvelle parure, la jeune fille s'achemina d'un pas rapide vers le vieux château.

Le sentier qui conduisait au sommet de la montagne traversait tantôt des pelouses émaillées de fleurs où le soleil répandait sa clarté brillante, tantôt des bosquets qui présentaient l'ombrage le plus agréable. Elle eut bientôt gravi la montagne; alors, se trouvant sur une place dégarnie d'arbres, non loin des ruines du vieux château, où croissent ces herbes qu'elle connaissait parfaitement, elle se mit à les cueillir avec ardeur, et, tout en faisant cette récolte, la jeune fille priait Dieu au fond de son cœur de bénir ces plantes, afin qu'elles pussent rendre la santé à sa mère : elle lui demanda aussi très instamment de protéger sa famille dans leur malheureuse position. Autour d'elle tout était calme et silencieux, et par intervalles seulement on entendait le gazouillement des petits oiseaux partir de l'intérieur des buissons voisins.

Après avoir rempli son panier, il lui sembla tout à coup entendre le pas de quelqu'un; elle tourna la tête, et vit sortir de l'ombre des buissons une femme blanche qui s'approchait d'elle; sa démarche était légère et comme aérienne. Un voile blanc et fin enveloppait sa tête. La dame du château, dont on

« Écoute, dit l'inconnue, voudrais-tu me vendre
ton chapeau ? »

voyait le portrait dans un tableau suspendu au mur de l'église du village, avait un costume tout pareil, et un voile semblable drapé de la même manière. A cette vue, Catherine fut saisie d'une soudaine frayeur, car elle se rappelait les bruits populaires qui couraient sur les apparitions de la châtelaine au milieu des ruines. Mais bientôt elle se rassura et fixa ses regards sur l'étrangère. C'était une jeune demoiselle à peu près du même âge que Catherine; elle portait dans sa main droite un sac à ouvrage, fermé par un cadenas, tandis que sa main gauche tenait sous son menton le beau voile qui lui couvrait la tête. Sa figure gracieuse respirait une telle douceur, une telle amabilité, que les craintes de Catherine se dissipèrent entièrement.

« Chère petite, dit l'inconnue d'une voix engageante, mais avec une prononciation rapide et un accent étranger, un peu d'argent te ferait-il plaisir? » Cette question étonna Catherine. « Oui, dit-elle, aujourd'hui mes parents auraient bien besoin d'argent; mais comment le savez-vous, et d'où vous vient l'idée de m'en offrir?

— Écoute, dit l'inconnue, qui n'était nullement une apparition surnaturelle, comme l'avait pensé Catherine au premier moment : voudrais-tu me vendre ton chapeau? Je viens par accident de perdre le mien, un coup de vent me l'a enlevé et l'a emporté là-bas dans le précipice; j'ai encore un long voyage à faire, et je ne puis me passer de chapeau : veux-tu me rendre le service de me céder le tien? je te le payerais volontiers.

— J'y consens, Mademoiselle, quoique j'y tienne beaucoup; car c'est un présent de ma bonne mère, qui me l'a arrangé hier pour ma fête, et voici la première fois que je le porte. J'y tiens donc beaucoup; mais en cet instant ma mère est malade, il nous faudrait de l'argent pour la soulager, et je donnerais ma vie pour elle.

— Eh bien! combien en veux-tu? dis-le-moi

franchement, je te le payerai tout ce que tu voudras. » Catherine répondit : « Vraiment, Mademoiselle, j'ignore la valeur d'un chapeau; car je n'en ai jamais acheté.

— Voyons, le tien est joli, d'une paille bien fine et de la façon de ceux qu'on porte aujourd'hui : je t'en donnerai un écu de six francs : je pense que cela te conviendra; c'est une affaire conclue, le chapeau est à moi. Mais actuellement dis-moi ce que tu demandes pour la jolie guirlande dont tu l'as orné. »

Catherine fixa sur la demoiselle un regard étonné, et crut qu'elle voulait plaisanter; mais celle-ci, loin de plaisanter, continua avec vivacité et d'un ton d'enthousiasme : « Plus je regarde cette guirlande de houblon, plus je la trouve merveilleuse; c'est un véritable chef-d'œuvre. Ma mère s'est fait venir dernièrement d'Italie une caisse de fleurs qui sont fort chères, de très bon goût, mais qui sont loin d'être comparables en beauté, en fraîcheur, en perfection, à cette guirlande. Je conviens que les couleurs en sont plus variées et plus brillantes; mais ces jolies fleurs, dans leur nuance vert tendre, entremêlées de ces feuilles d'un beau vert foncé, me plaisent infiniment mieux, elles font un effet ravissant sur le jaune éclatant du chapeau. Allons, dis-moi sans crainte ce que tu exiges pour me céder cette guirlande; car je t'avoue que j'en suis folle.

— Eh! ma bonne demoiselle, répondit Catherine, je vous la donne très volontiers par-dessus le marché. » En disant ces mots, elle ôta son chapeau et le présenta à l'étrangère. « Oh! non, s'écria celle-ci, je ne puis accepter ces fleurs de houblon pour rien, c'est un présent trop précieux. Grâce à Dieu, je suis en état de te les payer. » Tout en parlant ainsi, elle ôta son voile, et, après avoir posé le chapeau sur sa belle chevelure, elle s'écria avec joie : « Oh! il est tout justement de la grandeur de ma tête, comme si la modiste m'eût pris mesure. Je pense qu'il doit

m'aller à ravir; qu'en dis-tu, ma bonne petite? »
Catherine fit un signe affirmatif.

En ce moment on entendit le son du cor d'un postillon.

« Allons, ne perdons pas de temps en paroles inutiles; la chaise de poste est arrivée au haut de la montée, et j'aperçois maman qui avec son mouchoir me fait signe de la rejoindre. Tiens, voilà un louis d'or : six francs pour ton chapeau, et dix-huit pour la guirlande. Adieu, ma chère enfant! »

A ces mots, elle jeta la pièce dans le panier de Catherine, et courut d'un pas rapide vers la voiture, dans laquelle elle monta; le postillon fit claquer son fouet, et comme il se trouvait à une descente, l'équipage disparut bientôt dans un nuage de poussière.

Tout ceci semblait un rêve à Catherine; mais la pièce d'or trouvée dans son panier lui donna la preuve que tout était bien réel; elle regarda, tourna et retourna plusieurs fois la brillante pièce d'or, et se mit l'esprit à la torture pour deviner les motifs qui pouvaient avoir porté l'étrangère à payer si cher la guirlande de houblon. « Il faut, disait-elle, que ce soit une personne bien riche, puisqu'elle a tant d'argent à dépenser. Mais six francs pour le chapeau, et trois fois plus pour la branche de houblon! c'est pourtant singulier. Quoi qu'il en soit, ce qui me paraît certain, c'est que Dieu a daigné exaucer la prière que je lui ai adressée pour ma pauvre mère, et qu'au moyen de cet or nous serons en état de faire venir le médecin, et de payer toutes les choses dont elle a besoin dans sa maladie. »

VII

Rivalité d'amour filial.

Catherine prit son panier rempli d'herbes odorantes, et le posa sur sa tête en disant : « Oh! que
mes parents seront heureux quand je leur montre-
rai cet or, qui est véritablement un secours envoyé
du Ciel! Hâtons-nous de le leur apporter. J'ai cueilli
assez d'herbes pour aujourd'hui; maintenant que le
soleil est si ardent, cette corbeille me servira de
chapeau en me donnant de l'ombre. » Elle doubla le
pas, descendit la montagne avec la légèreté d'une
biche, traversa le jardin et entra toute joyeuse dans
la chambre de sa mère.

« Cher papa! bonne maman! s'écria-t-elle avant
même d'être entrée, quel bonheur j'ai à vous annoncer! Voyez cette pièce d'or, qui, m'a-t-on dit,
vaut quatre écus de six francs.

— Comment, ma fille, est-il possible! s'écria le
père en regardant ce beau louis d'or tout neuf avec
des yeux où brillait la plus vive joie : où as-tu trouvé
cet or, qui vient si à propos? Vingt-quatre francs
sont une somme considérable pour de pauvres gens
comme nous. »

Thérèse se mit sur son séant, prit la pièce, que
son mari lui présenta, et l'examina aussi; ses regards exprimèrent également une douce satisfaction.
« Mais faites-moi donc voir aussi cette pièce d'or, dit
alors le petit Frédéric. J'ai déjà entendu si souvent
parler de l'or comme d'une chose que tout le monde
désire, que je serais bien aise de savoir ce que c'est. »
Sa mère lui remit la pièce. « Hé quoi! ce n'est que
cela! s'écria-t-il; je m'en faisais une idée plus gran-

diose d'après toute l'importance qu'on lui donne.
Oh ! nous avons dans notre petit vallon une grande
quantité d'or bien plus beau, bien plus brillant que
cette mesquine petite pièce : il n'y a pas de comparaison. Le soir, quand le soleil se couche, les nuages,
la cime des montagnes, le ruisseau de notre moulin,
les fenêtres mêmes de nos paysans sont tout en or;
oui, le soleil lui-même, quand il descend à la fin du
jour, offre à nos yeux la plus magnifique boule d'or.
Cette misérable petite pièce jaune que je vous vois
considérer avec tant de joie, dites-moi, qu'est-elle
auprès de tout cela?

— Et comment es-tu parvenue à te procurer cet
argent? » demanda de nouveau le père. Catherine
raconta de quelle manière elle avait cédé son chapeau à une jeune étrangère qui en avait besoin,
ayant perdu le sien, et comment elle en avait reçu
cette pièce d'or en échange.

A ce récit le visage de Thérèse, si serein un instant auparavant, se couvrit de tristesse. Au lieu de
pouvoir se réjouir de ce secours comme d'un don
volontaire, le récit circonstancié fit naître en elle
l'idée que ce n'était que par une erreur quelconque
que la jeune étrangère avait donné de ce chapeau
une somme aussi considérable.

Catherine, ignorant les causes de la tristesse de sa
mère, l'interpréta bien différemment, et dit avec
sensibilité : « Ah ! chère maman, je vous en prie,
ne vous fâchez pas, ne me grondez pas d'avoir vendu
ce chapeau que vous aviez pris tant de peine à arranger pour me l'offrir le jour de ma fête. J'aimais
beaucoup ce joli chapeau, et je l'aimais doublement
parce qu'il me venait de votre part. Soyez bien persuadée que je ne l'ai vendu qu'à contre-cœur. Mais
vous, ma bonne maman, vous m'êtes infiniment
plus chère que ne me l'était mon chapeau; et je n'ai
profité de l'occasion de l'échanger contre de l'argent
que dans l'intention de vous procurer les soulage-
ments dont vous avez tant besoin; mais si j'avais pu

prévoir que cela vous fit de la peine, je ne l'aurais
jamais cédé pour tout l'or du monde.

— Rassure-toi, chère Catherine, répondit la
mère, l'amour que tu me témoignes me touche infiniment : je t'en remercie, tu es une excellente
enfant. Cependant nous ne pouvons en conscience
garder cet argent : il me paraît certain qu'il doit y
avoir là quelque malentendu.

— Oui, certainement il doit y avoir ici quelque
erreur; car nulle personne de bon sens ne donnerait
vingt-quatre francs d'un vieux chapeau de paille. Il
faut que la demoiselle, en ouvrant sa bourse à la
hâte, se soit trompée en jetant dans ton panier cette
pièce d'or, croyant ne donner qu'une pièce d'argent; ou bien que ce soit une jeune étourdie inca-
pable d'employer à propos l'argent qu'on lui confie.

— Elle ne s'est pas trompée du tout en me for-
çant d'accepter ce louis d'or, qui vaut quatre écus
de six francs, car son intention était bien de me
donner six francs du chapeau et dix-huit francs de
la guirlande de houblon dont il était orné : elle me
l'a dit expressément. » Catherine ajouta encore à
cette explication en racontant tous les détails de sa
conversation avec la jeune étrangère.

« Ah! nous y voilà! s'écria Thérèse; tout me paraît bien clair à présent : la demoiselle s'est imaginé
que cette branche de houblon, que tu avais cueillie
dans notre jardin, était composée de fleurs artificielles sortant des ateliers d'une habile modiste; et
comme ces sortes d'objets de toilette sont fort chers,
elle a cru que cette guirlande dont elle admirait le
naturel et la fraîcheur, et que dans son empressement et par une inconcevable légèreté elle ne s'était
pas donné la peine d'examiner d'assez près, valait à
elle seule, sans le chapeau, dix-huit francs. Voilà
pourquoi elle l'a payée si cher.

— Oui, cela ne peut être autrement, reprit le père,
et il faut rendre la pièce d'or à cette demoiselle.

— Je pense comme toi, dit Thérèse; les dix-huit

francs seraient comme escroqués si nous les gardions.

— Je conçois actuellement que vous avez raison, mes chers parents, dit Catherine ; ce n'est qu'à présent que je m'explique l'excessive admiration de la jeune étrangère à la vue de ma guirlande. Nous ne nous entendions pas. Quand elle s'écriait dans son enthousiasme : C'est la nature elle-même!... moi, dans ma simplicité, je prenais cela tout bonnement dans le sens littéral, et je disais qu'elle avait raison : j'étais loin de soupçonner qu'elle voulût dire que ma guirlande imitait parfaitement la nature. L'erreur est pourtant singulière, surprenante. Mais je ne vois pas comment nous pourrions lui restituer cet or, je ne sais ni son nom ni son adresse.

— C'est ce qu'il nous sera facile d'apprendre au dernier relais qu'elle vient de quitter, reprit le père ; comme elle voyage en poste, son nom, ou du moins celui de sa mère, doit nécessairement se trouver inscrit sur les registres du bureau : le règlement oblige les maîtres de poste à tenir note des noms, qualité et résidence de tout voyageur qui vient de changer de chevaux. Eh bien, tu vas écrire tout de suite une lettre à la jeune demoiselle, en ne laissant que l'adresse à ajouter. Demain matin, tu iras au bureau de la poste voisine prier la directrice de t'indiquer cette adresse ; tu l'écriras tout de suite sur la lettre, que tu enverras avec l'argent. De cette manière la demoiselle recevra promptement ce qui lui revient. Que Dieu me préserve de garder sous mon toit du bien mal acquis : cela ne porte jamais bonheur. Pourvu que cette demoiselle n'ait pas aussi payé trop cher le chapeau : dis-moi, ma femme, qu'en penses-tu, valait-il bien un écu de six francs ? »

La mère répondit que, comme la demoiselle en avait un pressant besoin, et que d'ailleurs ce chapeau, en bon état, pourrait être porté encore quelque temps, il ne lui semblait pas avoir été acheté trop cher à raison de six francs, somme que la demoiselle pouvait donner, et qu'ils pouvaient garder sans charger leur conscience.

Catherine, qui possédait le talent d'écrire les lettres avec beaucoup de facilité, se mit à son petit bureau, et en rédigea une pour l'étrangère. Le père en relut le brouillon, le retoucha en quelques endroits, et du reste le trouva fort bien. Ensuite Catherine mit au net, dans sa jolie écriture, cette lettre, que voici :

« Mademoiselle,

« Je m'empresse de réparer un malentendu qui a
« eu lieu hier, quand j'eus le plaisir de vous obliger
« en vous cédant mon chapeau pour remplacer celui
« qu'un accident venait de vous enlever sous les
« ruines du vieux château de Steinach. Vous m'a-
« viez d'abord offert six francs, auxquels il vous a
« plu d'en ajouter encore dix-huit, parce que vous
« avez cru que la guirlande dont j'avais entouré
« mon chapeau est de fleurs artificielles, tandis que
« ce n'est simplement qu'une branche de houblon
« que j'avais cueillie en passant dans notre jardin.
« Vous ne devez pas avoir tardé à vous apercevoir
« de votre méprise. Mes parents en sont désolés, et
« moi je le suis autant qu'eux depuis le moment où
« ils m'ont éclairé sur la cause plus que probable
« de votre erreur. Toute ma vie je me reprocherai
« d'avoir négligé, au premier instant où vous me
« demandiez avec de si vives instances cette guir-
« lande de houblon, de vous dire et de vous répéter
« cent fois qu'elle est l'œuvre de la nature, et non
« celle de l'art. Je vous demande mille fois pardon
« de cette faute, Mademoiselle, et comme l'honneur
« et la délicatesse ne permettent pas à mes parents
« ni à moi de retenir une somme si forte pour un
« objet si minime, et que vous ne pouvez me l'avoir
« donnée que par erreur, je prends la liberté de
« vous renvoyer ci-jointe la somme de dix-huit
« francs, ne gardant que les six francs que vous

« avez eu la bonté de m'offrir d'abord pour le cha-
« peau tout seul, dans la généreuse intention sans
« doute de vouloir m'obliger, ce dont je vous con-
« serverai toute ma vie une vive reconnaissance.

« Veuillez, Mademoiselle, agréer l'hommage de
« mes respects et du profond souvenir que je garde
« de toutes vos bontés.

« Votre dévouée,

« CATHERINE HERMANN. »

Le lendemain matin, Thérèse donna à sa fille la
pièce d'or en lui disant : « En arrivant au bureau
tu raconteras bien à la maîtresse de poste tout ce
qui vient de se passer, et tu la prieras de changer la
pièce et de t'en donner quatre écus de six francs : tu
en mettras trois dans la lettre, et tu la cachetteras
tout de suite devant la dame, en y inscrivant l'a-
dresse. L'autre écu est pour le chapeau, et tu en
feras ce que bon te semblera.

— Est-il bien vrai, chère maman, s'écria Catherine transportée de joie, que l'autre écu m'appar-
tient et que j'en peux faire ce que je veux? Eh bien!
sa destination est déjà toute trouvée. Comme mon
papa doute encore que les plantes suffisent pour vous
guérir, j'irai avec mon écu trouver un médecin, et
je le prierai de vous rendre la santé; je pense qu'au
prix de tant d'argent il pourra bien le faire. A la vérité, il faudra ensuite quelque chose pour la phar-
macie; mais j'ai une autre ressource toute prête : je
vendrai le mouchoir de soie dont ma marraine m'a
fait cadeau : il est très joli et encore tout neuf, à
peine si je l'ai porté trois fois; de cette manière nous
pourrons faire face à tout sans être obligés de nous
endetter. »

Quand Sophie entendit ce louable projet de sa
sœur, elle s'écria : « Et moi je vendrai mon beau
collier de perles; nous en retirerons peut-être une
forte somme. » Ces perles en verroterie avaient peu

de valeur, mais Sophie en faisait sa principale parure, et à ses yeux c'était un grand trésor.

Le petit Charles dit à son tour : « Moi je vendrai mon Coco. » Il s'agissait d'un cheval de bois, sur lequel il venait de galoper autour de la chambre, et qu'il aimait beaucoup. La jeune Louise, tenant dans ses bras sa poupée, qu'elle appelait Marguerite, voulait aussi la vendre. « Il m'en coûtera de m'en séparer, dit-elle; je pleurerai; mais j'aime bien maman, et puisque vous dites qu'elle a besoin d'argent, et que pour lui en procurer vous voulez lui donner ce que vous avez de plus beau, je lui ferai aussi mon cadeau, moi. » Tous les autres enfants rivalisèrent de dévouement, et offrirent de vendre leurs joujoux pour soulager leur mère, de sorte que Charles, tout joyeux, s'écria : « Bon! bon! du courage : nous allons avoir une charretée d'argent. »

Cette rivalité d'amour filial toucha singulièrement Thérèse et Hermann. Celui-ci donna à leurs bons sentiments des éloges mérités, tandis que la mère, versant des larmes d'attendrissement, disait à son mari : « Ah! quel bonheur d'avoir des enfants bien élevés et d'un bon naturel! Dans la prospérité ils font la plus grande joie de leurs parents, et dans les jours d'infortune ils sont leur meilleure consolation. »

VIII

La maîtresse de poste.

Le lendemain de bonne heure, Catherine se prépara à partir pour le bourg voisin où était située la poste, et qui était à une bonne lieue de leur village. Elle emprunta le chapeau de paille de sa sœur Sophie. Sur l'avis de sa mère, elle alla au jardin couper plusieurs choux-fleurs d'une beauté remarquable, qu'elle mit dans son petit panier à bras, pour les vendre dans le bourg. Thérèse avait coutume de dire : « Quand une bonne ménagère a un petit voyage à faire, ou même à se rendre dans une autre partie de son petit domaine, elle songe toujours si elle ne pourrait pas faire plusieurs choses à la fois, afin de bien employer son temps et de ne jamais aller et revenir les mains vides. »

A son arrivée dans le bourg, Catherine se dirigea vers le bureau ; elle entra dans la salle, où elle trouva la maîtresse de poste assise contre la fenêtre, occupée à tricoter. C'était une dame de bonne tournure et qui aimait beaucoup à causer. Catherine, après l'avoir saluée poliment, la pria de lui dire quelles étaient les deux dames qui avaient changé de chevaux à ce relais la veille dans la matinée.

« C'était Mme de Vertval et sa fille, Mlle Henriette, qui venaient de leur campagne pour se rendre à la capitale, où demeure M. de Vertval. Mais que te font ces grandes dames, ma pauvre enfant ? quelles relations as-tu avec elles ? »

Catherine tira de sa poche la lettre ainsi que la pièce d'or, en disant : « Mlle Henriette, dans un petit marché que je faisais avec elle, m'a donné trois écus de six francs de trop ; je voudrais les lui renvoyer ; je vous prie, pour cet effet, de me changer ce louis d'or.

— Diantre ! dit la maîtresse de poste, c'était donc un marché bien important pour y commettre tout de suite des erreurs de dix-huit francs. A te voir, ma bonne petite, on ne dirait pas que tu aies l'habitude de conclure des affaires aussi considérables. Mais peut-on savoir, sans indiscrétion, en quoi consiste ce marché ? »

Au moment où Catherine allait commencer son récit, un postillon, paré de son uniforme en grande tenue, entra dans la salle, se plaça dans un coin au bout d'une table, ayant devant lui un pot de bière, et, tout en déjeunant, il écouta la conversation; puis ayant jeté un regard sur la jeune fille, il s'écria en partant d'un éclat de rire : « Eh! eh! je ne me trompe pas, c'est bien la jolie marchande de houblon, à qui Mlle de Vertval en a acheté une petite branche trois écus de six francs.

— Hé quoi! comment? s'écria la maîtresse de poste, trois écus de six francs une petite branche de houblon! mais c'est inouï! pareille chose ne s'est peut-être jamais vue depuis que le monde est monde!...

— En vérité, cette jeune fille-là entend à merveille le commerce du houblon, dit le postillon en saisissant le pot de bière. Toutefois je ne voudrais pas que chaque branche de houblon se payât trois écus de six francs, car un honnête homme comme moi ne pourrait plus boire son pot de bière. C'est égal, ajouta-t-il en buvant un coup, à la santé de l'intelligente marchande de houblon.

— Eh! mais voilà une histoire tout à fait singulière, disait la maîtresse de poste; je serais charmée d'en connaître les moindres détails. Viens, ma bonne petite; tu dois être fatiguée et avoir de l'appétit. Viens, assieds-toi là, à côté de moi; voici un verre d'excellent vin rouge et un morceau de pain blanc; bois, mange, et ensuite raconte-moi bien comme il faut comment tout cela s'est passé; quel motif avait la jeune demoiselle pour t'acheter une branche de houblon? qu'en voulait-elle faire? Dis-moi cela, voyons. »

Catherine commença ainsi : « La jeune étrangère ayant perdu son chapeau sur la route...

— Comment! interrompit avec vivacité la maîtresse de poste, elle a perdu son chapeau? Je suis presque tentée de croire qu'elle a plutôt perdu la tête... Eh! mais comment? par quel hasard cela lui est-il arrivé? Lorsqu'elle monta en voiture, ici, à la porte, elle était encore coiffée de son chapeau : je l'ai bien remarqué. C'était un très joli chapeau de taffetas vert, doublé de rose, et attaché sous le menton avec un large ruban également de couleur rose : comment a-t-elle donc pu perdre son chapeau ? »

Catherine l'ignorait. « J'en sais quelque chose, dit alors le postillon, et je puis vous servir à souhait, car c'est moi qui ai conduit ces dames. J'étais placé sur le siège de cette calèche découverte, de sorte qu'il m'a été facile de tout voir et de tout entendre. Alors je me suis bien aperçu que Mlle de Vertval est une jeune personne vive, étourdie et turbulente : jamais elle ne pouvait rester un moment tranquille. Tantôt elle chantait, tantôt elle voulait que je sonnasse du cor ; puis elle se levait et se penchait à droite ou à gauche en dehors des portières, pour jeter ses regards vers la campagne. Sa mère avait une peine infinie à la retenir et à la préserver des accidents. Enfin elle se tint tranquille à sa place pendant quelques instants, mais bientôt elle se plaignit d'avoir trop chaud, et dénoua le ruban qui attachait son chapeau sous le menton. Quand nous fûmes arrivés au vieux pont de pierre, en face de la grande cascade, en voyant le fleuve tout blanc d'écume se précipiter comme un torrent entre les rochers et les buissons, la jeune demoiselle fit éclater des transports de joie, et m'ordonna de m'arrêter sur le milieu du pont, endroit, à vrai dire, d'où l'on peut le mieux contempler ce beau spectacle. Elle se leva toute droite dans la voiture, et tendit les bras en haut, le corps hors de la portière, pour exprimer son admiration. « Quel bruit ! quelle écume ! s'écria-t-elle ; il me semble voir un fleuve de lait. Et comme l'eau jaillit ! comme elle répand tout alentour une poussière argentine ! comme les feuilles des buissons voisins et la mousse sur les rochers brillent au soleil ! il semble qu'elles soient ornées de milliers de diamants. » Elle ajouta encore une foule de belles exclamations que je n'ai pu retenir. Tout à coup arrive un violent coup de vent... et ptsch !... son joli chapeau s'envola au bas de la chute d'eau. Elle voulut

le rattraper, et peu s'en fallut qu'elle ne l'accompa-
gnât dans le torrent. Par bonheur, sa mère la retint
avec force et à temps. En un clin d'œil je sautai à
bas du siège, et j'essayai de repêcher le chapeau
avec le manche de mon fouet, mais déjà il était trop
tard : les vagues en fureur l'entraînèrent dans leur
course rapide, et le roulèrent de manière à nous
faire voir tantôt la tête, tantôt la doublure de couleur rose ; peu de moments après nous le perdîmes
de vue. Je ne pus m'empêcher de rire en moi-même ;
toutefois je regrettai sincèrement la perte de ce beau
chapeau.

— Et que disait la mère au moment de cette
perte? demanda la maîtresse de poste.

— Elle n'en fut pas autant affectée que je l'aurais
cru, répondit le postillon. Mais elle éprouva une
frayeur mortelle au moment où sa fille faillit se précipiter dans l'abîme ; elle tremblait ; elle était devenue aussi pâle qu'une figure de plâtre, et un instant
après elle fit à sa fille la morale la plus touchante.

« — Quelle étourderie! lui disait-elle d'un ton
sévère : voilà ton chapeau perdu, et tu as été sur le
point de te jeter dans l'abîme, sous les yeux mêmes
de ta mère, dont tu es si tendrement chérie. Henriette, mon Henriette, tu n'es pas raisonnable, tu
n'as pas plus de raison qu'une enfant qui joue encore à la poupée. Tu devrais en avoir honte. Si tu
continues d'être aussi étourdie, si tu ne deviens pas
un peu plus posée, tu causeras de grands chagrins à
tes parents ; tu feras ton malheur dans ce monde et
dans l'autre. Rendons grâces à Dieu, dont la protection vient de te sauver d'un si grand péril ; pro-
mets-lui de te corriger. »

« Ces paroles maternelles firent une vive impression sur la jeune personne. Elle sanglotait, et, se
jetant dans les bras de sa mère, elle lui répondit :
« Ah! maman, ma bonne maman, maman chérie,
pardonnez-moi, oh! pour cette fois pardonnez-moi
encore. Vous avez été mon ange tutélaire, sans vous

« Eh! eh! je ne me trompe pas, c'est bien la jolie marchande
de houblon. »

j'étais perdue..., noyée..., morte! ah! je vous remercie du fond de mon âme, et je vous proteste à
la face de Dieu que je me corrigerai et que je ne vous
causerai plus de frayeurs ni de chagrin. »

« Ces paroles de la jeune personne me plurent
infiniment, ajouta le narrateur,; et je pensai en
moi-même qu'il serait à désirer que la leçon lui fût
profitable.

— Dieu le veuille! dit la maîtresse de poste; et
qu'arriva-t-il ensuite?

— Nous continuâmes notre route; mais quand
nous fûmes arrivés au bas de la grande montée, il
fallut arrêter encore : la jeune demoiselle voulut des-
cendre de voiture et suivre à pied le petit sentier qui
abrège le chemin pour arriver au sommet de la montagne; c'était, disait-elle, pour admirer de plus près
le site pittoresque, les rochers et les ruines du vieux
château. Sa mère lui en accorda la permission, et
resta dans la voiture. En effet, cette demoiselle, qui
est vive et alerte, arriva rapidement au haut de la
montée, où je la vis distinctement causer avec la petite fille que voilà (en désignant Catherine), et qui
en ce moment-là était occupée à cueillir des plantes
sur le bord du sentier. Ce fut alors qu'elle lui mar-
chanda le chapeau avec la guirlande de houblon;
et, sa mère lui ayant fait signe de nous rejoindre,
elle accourut toute joyeuse avec son joli chapeau de
paille sur la tête, et qui, ma foi, lui allait bien
mieux que celui qu'elle avait perdu.

— Eh bien, dit Catherine, c'est justement le chapeau que je lui ai vendu; » puis elle se mit à raconter en détail la méprise qui avait eu lieu à l'égard
de la guirlande dont il était entouré.

« Et la mère, interrompit la maîtresse de poste,
que disait-elle de cette belle affaire? en était-elle sa-
tisfaite? Raconte-moi cela, Jean; car tu dois savoir
cette histoire jusqu'au bout.

— Ma foi, reprit le postillon, vous pouvez bien
vous imaginer si elle devait être contente d'un mar-

ché aussi extravagant. Après avoir examiné le chapeau et accordé des éloges à sa fille d'avoir eu la bonne idée de profiter d'une rencontre pour remplacer le chapeau de voyage qu'elle avait perdu, la dame lui demanda ce qu'elle l'avait payé. Alors la jeune étourdie déclara que le chapeau lui avait coûté six francs, et la guirlande dix-huit.

« — Quant au chapeau, un écu de six francs n'est pas trop cher, car il est joli et en bon état ; mais avoir donné dix-huit francs pour la guirlande, qui ne vaut pas deux liards !... Henriette, décidément tu es donc folle ?

« — Je crois, chère maman, que vous plaisantez : n'avez-vous pas vous-même donné davantage pour le sureau d'Espagne qui est sur votre chapeau ? Il me semble que ma guirlande vaut autant que la vôtre : elle est plus fraîche, plus naturelle...

« — Tais-toi donc, petite écervelée : es-tu donc aveugle au point de ne pas voir au premier abord que ma guirlande est en fleurs artificielles, tandis que la tienne n'est tout simplement qu'une branche de houblon arrachée à la première haie ? »

« Néanmoins la jeune personne s'obstinait à vouloir avoir raison. « Attends un peu, lui dit sa mère, et tu verras ce que c'est que ta belle acquisition. »

« En effet, une demi-heure après, par la chaleur qu'il faisait, la guirlande se trouva fanée, et la jeune personne, moitié honte, moitié dépit contre elle-même, devint rouge comme la doublure de mon uniforme, et se mit à pleurer amèrement.

« — Je suis bien aise, reprit alors sa mère, que tu aies encore reçu cette leçon ; elle t'apprendra peut-être à te mieux tenir sur tes gardes. Tu vois, mon enfant, comme les apparences peuvent nous tromper, surtout quand on s'y prête avec tant de légèreté. Tu croyais acheter un ornement qui te durerait des années entières, et avant le lendemain même, tu n'as rien qu'une branche fanée dont tu n'oserais plus te parer. Puisse le souvenir de cet accident t'apprendre à ne juger ni les personnes ni les choses sur la simple apparence ! C'est le défaut général et caractéristique de toutes les personnes légères et irréfléchies d'agir avec précipitation et de ne savoir rien estimer à sa véritable valeur. Combien ne voit-on pas de jeunes personnes qui se laissent éblouir par un extérieur charmant, par d'agréables flatteries, par l'appât de belles promesses et des plaisirs passagers, et compromettent ainsi leur innocence, leur honneur, la paix de leur âme, et leur bonheur en ce monde et dans l'autre ! Ton excessive légèreté me fait concevoir les plus vives inquiétudes sur ton avenir. Tu n'auras pas toujours ta mère à côté de toi pour être ton ange gardien, comme à ce moment où tu faillis te précipiter dans l'abîme. Tu as bien vite oublié les belles promesses que tu m'as faites au moment où tu venais d'échapper à la mort : quelques instants se sont à peine écoulés depuis, et tu fais déjà de nouvelles sottises. Henriette je t'en prie, corrige-toi, défais-toi de ta légèreté, sois dorénavant plus posée et plus raisonnable, sinon tu me rendras la plus malheureuse des mères. »

La maîtresse de poste, qui, au commencement de ce récit du postillon, n'avait fait que rire, devint peu à peu pensive et sérieuse. « Il faut l'avouer, dit-elle, Mᵐᵉ de Vertval est une femme de bon sens et une excellente mère. Mais sa fille, que répondait-elle à ces sages et utiles avis, que chacun, quels que soient son sexe et son âge, devrait imprimer dans sa mémoire, et encore mieux dans son cœur ?

— La jeune personne, répondit Jean, parut depuis ce temps-là aussi timide et silencieuse qu'elle avait été vive et turbulente auparavant. Durant tout le reste du voyage elle semblait absorbée dans ses réflexions. Bien souvent des larmes roulaient le long de ses joues ; et avant d'entrer dans la ville elle pria de nouveau sa mère de lui pardonner ses étourderies, et lui promit encore une fois de suivre ses leçons sages et maternelles.

— Et nous aussi nous les suivrons, repartit la maîtresse de poste ; car ces mêmes avis sont utiles pour tout le monde, et particulièrement pour la jeunesse. N'est-ce pas, Catherine, tu me promets aussi d'en profiter ? » Catherine le lui promit.

Enfin la maîtresse de poste changea la pièce d'or, donna un écu de six francs à Catherine, mit les trois autres dans la lettre, et, avant de la cacheter, demanda la permission de la lire, la trouva très bien, exprima sa satisfaction de la délicatesse de Catherine et de ses parents en cette circonstance, et ajouta : « C'est sans doute ton père qui a rédigé et écrit cette lettre ? » Catherine affirma que la lettre était de sa composition et de son écriture, et que son père n'avait fait que corriger le brouillon.

« Cela m'est difficile à croire : l'écriture en est fort jolie et l'orthographe parfaite. Mais nous allons voir à l'instant : mets-toi à ce bureau, écris l'adresse, je vais te la dicter. »

Catherine obéit, et la maîtresse de poste, tout étonnée, lui fit des excuses de l'avoir un instant soupçonnée de mensonge. « Vraiment ton écriture est très belle ; peu de jeunes personnes en feraient autant. Il paraît que ton père est non seulement un brave homme, mais encore un homme de talent, et qu'il t'a donné une bonne instruction. » Elle cacheta la lettre et la joignit aux autres paquets du départ le plus prochain, en disant : « Ma bonne petite, viens que je t'embrasse, je suis enchantée de te connaître ; tu es une jeune fille très bien élevée, ton instruction et surtout tes sentiments te font honneur. Reste toujours ce que tu es, et les vœux que je forme pour ton bonheur s'accompliront. »

IX

Le médecin comme ils devraient être tous.

La maîtresse de poste fit servir un bon déjeuner à Catherine, qui, après avoir fini son repas et témoigné sa gratitude à cette aimable dame, lui demanda le nom et la demeure du meilleur médecin de l'endroit. La dame, fort curieuse de son naturel, désira savoir ce que la jeune fille avait à faire chez le médecin. Catherine fit alors un récit circonstancié de la maladie de sa mère, de la désolation de ses frères et de ses sœurs, et de l'urgente nécessité de secourir la malade, afin de la conserver à sa famille, laquelle se composait de son époux et de ses neuf enfants.

« Je veux, ajouta-t-elle, offrir cet écu qui me reste au médecin, pour l'engager à donner des soins à ma mère et à lui rendre la santé le plus promptement possible. »

La maîtresse de poste fut vivement émue de ce beau trait de piété filiale. « C'est bien, c'est très bien, ma fille, dit-elle à Catherine, de consacrer avec joie tout ce que tu possèdes au rétablissement de la santé de ta mère ! Ah ! ma chère enfant, sois bien sûre que le bon Dieu te bénira ! Viens avec moi ; je te conduirai moi-même chez le docteur ; sa demeure est à deux pas d'ici, et son épouse est mon amie intime. »

A l'instant elle prit sa mantille de soie, et Catherine l'accompagna dans la maison du médecin.

La maîtresse de poste crut devoir ouvrir la conversation par le récit de l'histoire du chapeau de paille ; et elle le fit d'une manière si gaie et si spirituelle, que le docteur et son épouse en rirent aux éclats. La lettre de Catherine et le renvoi des trois écus de six francs lui fournirent ensuite une transition heureuse pour dépeindre d'une manière touchante la probité délicate de Catherine et de son père ; elle parla de la maladie de Thérèse, mère de neuf enfants, tous vivants, et termina en priant le docteur de venir au secours d'une famille si intéressante et si aimable.

Le docteur, très attendri, dit en s'adressant à Catherine, qui s'était approchée d'un air timide et suppliant, tenant son écu de six francs au bout de ses doigts comme pour mieux fléchir le médecin : « Excellente fille, ton bon cœur sera satisfait ; remporte ton argent ; je ne demande rien pour les soins que je donnerai à ta pauvre mère ; j'irai la voir demain, et j'espère, Dieu aidant, qu'elle sera promptement rétablie.

— Et moi aussi, reprit la maîtresse de poste, je veux avoir le plaisir de faire quelque chose en faveur de cette digne maîtresse d'école, et je prends l'engagement de payer tous les remèdes que lui fournira le pharmacien. C'est une trop belle et trop méritoire action de la part de cette brave femme et de son époux, d'avoir eu, au milieu des privations occasionnées par la maladie et la misère, assez de probité et de délicatesse pour ne pas garder un argent que le hasard leur avait procuré d'une manière si étrange. Soulager les personnes vertueuses dans leur infortune, c'est encourager la vertu. »

Catherine répandit des larmes de joie en remerciant tantôt le médecin, tantôt la maîtresse de poste, de toute leur bienveillance ; puis elle retourna avec cette dernière au bureau pour reprendre le panier qu'elle y avait laissé.

« Qu'as-tu donc dans ta corbeille ? lui demanda la dame.

— Madame, ce sont des choux-fleurs : voulez-vous me permettre de vous les offrir comme un faible témoignage de ma reconnaissance pour les bontés dont vous m'avez comblée ? Ma mère m'avait chargée de les vendre ; mais j'ai la certitude qu'elle me saura

gré d'en avoir fait hommage à une dame si charitable, et qui trouve tant de plaisir à venir au secours
des familles malheureuses.

— Je suis charmée de voir qu'à toutes tes bonnes
qualités tu joins encore un cœur reconnaissant. J'accepte volontiers les choux-fleurs ; mais en te les
payant... Dans le ménage, et surtout dans votre position, l'argent est toujours utile. » Elle prit les
choux-fleurs, qu'elle trouva d'une rare beauté, et
les paya largement. « Je ne veux pas que tu rem-
portes ton panier vide, attends encore un instant. »
Aussitôt elle alla chercher une bouteille de vin de
Malaga, un petit pain blanc et un paquet de biscuits.

« Tiens, porte cela à ta mère, le médecin veut
qu'elle en boive tous les jours un verre et qu'elle y
trempe un biscuit. Quant au pain blanc, tu le par-
tageras entre tes frères et tes sœurs, et tu auras
soin de ne pas t'oublier toi-même dans la distribution. Adieu, mon enfant, bon voyage. Reste toujours bonne et sage, et le Ciel ne t'abandonnera pas. »

Catherine, ne pouvant trouver des termes capa-
bles d'exprimer sa gratitude, couvrit de baisers la
main de sa généreuse bienfaitrice, et elle reprit le
chemin de son village, si contente, si joyeuse qu'il
semblait que ses pieds eussent des ailes, et elle arriva chez elle presque sans s'en apercevoir.

On peut bien imaginer avec quel ravissement elle
raconta à ses parents bien-aimés tout ce qui s'était
passé ; elle répéta plusieurs fois que le médecin
viendrait rendre des visites sans exiger aucun hono-
raire ; que les médicaments seraient fournis sans
leur occasionner la moindre dépense ; ensuite elle
ouvrit le panier, en tira la bouteille, les biscuits et
l'argent, les remit à sa mère, et partagea le pain
blanc avec ses frères et sœurs. Ces dons, et plus encore ces bonnes nouvelles, comblèrent de joie toute
la famille, et Catherine, si heureuse, fit cette réflexion : « Ah ! rendons mille actions de grâces au
bon Dieu : il n'a pas tardé à nous récompenser

d'avoir rempli les devoirs de la probité. Papa a bien raison de nous répéter souvent : La probité et la droiture sont agréables à Dieu et aux hommes. »

Dès le lendemain matin de bonne heure, le généreux médecin se présenta. Après avoir examiné la malade et l'avoir questionnée sur son état, il déclara que la maladie n'était pas fort dangereuse ; « mais, ajouta-t-il, elle aurait pu le devenir si l'on avait tardé plus longtemps à recourir au docteur. La décoction des plantes dont vous me parlez pourra être utile par la suite ; à présent il faut des remèdes plus efficaces. » Il écrivit plusieurs ordonnances, et donna l'espoir que dans une semaine la malade pourrait quitter son lit. Avant de prendre congé il promit de revenir bientôt, puis il monta à cheval, et partit pour achever sa tournée.

Trois jours après il revint, et s'informa de l'état de la malade. Il le trouva tellement satisfaisant qu'il dit à Hermann : « Tout va bien, très bien, votre femme n'a plus besoin de remèdes : il ne lui faut plus que du repos et une nourriture fortifiante. » A ces mots, le pauvre instituteur poussa involontairement un soupir, et leva les yeux au ciel, comme s'il voulait dire : Hélas ! où la prendrons-nous ?

« A propos, j'allais oublier une chose essentielle, dit le médecin en tirant de sa poche un petit paquet cacheté : voici ce qu'on m'a remis pour vous à la poste. » L'adresse portait : « A Mlle Catherine Hermann, à Steinach, avec soixante-douze francs. »

Hermann l'ouvrit, et y trouva, outre l'argent bien enveloppé, la lettre suivante :

« Mademoiselle,

« Nous venons de recevoir avec autant d'émotion
« que de plaisir votre aimable lettre renfermant les
« trois pièces de six francs, et nous sommes, mes
« parents et moi, vivement pénétrés de la délica-
« tesse de vos sentiments. Je m'applaudis de l'er-
« reur que j'avais commise en prenant pour artifi-

« cielle la couronne de houblon qui ornait le joli
« chapeau que vous m'avez cédé si obligeamment.
« Cette erreur, je la regarde aujourd'hui comme
« très heureuse pour moi : d'abord, en ce qu'elle
« m'a valu plus d'une leçon salutaire dont je tâ-
« cherai de profiter, ensuite parce que, à l'instant
« même où j'écris ces lignes, elle fait épanouir mon
« âme en lui fournissant la consolante preuve qu'*on*
« *peut encore rencontrer la vertu, la délicatesse*
« *et la probité dans le moindre village, dans les*
« *plus modestes chaumières.* Quant aux trois écus
« que je vous ai donnés par erreur, je vous les ren-
« voie aujourd'hui en pleine connaissance de cause,
« et mes parents, tout en approuvant cette démarche,
« m'ont permis d'en ajouter encore trois autres
« pour récompenser votre loyauté. Soyez bien sûre,
« Mademoiselle, qu'une récompense bien plus pré-
« cieuse vous attend dans le ciel.

« J'en étais à cet endroit de ma lettre, lorsqu'on
« est venu nous apprendre que votre respectable
« mère se trouve dangereusement malade. Mes pa-
« rents ne veulent pas laisser échapper l'occasion
« qui se présente de vous être utiles : à cet effet, ils
« ont doublé la petite somme que je vous avais des-
« tinée. Vous trouverez donc ci-inclus douze pièces
« de six francs, que nous vous prions en commun
« d'accepter comme un faible témoignage de notre
« estime et de la satisfaction que vous nous avez
« procurée sous plus d'un rapport. Nous souhaitons
« que ce secours, venu à propos, puisse vous aider
« à bien soigner votre chère malade, pour le prompt
« rétablissement de laquelle nous adressons au Ciel
« les vœux les plus ardents : puissions-nous avoir
« bientôt le bonheur de recevoir l'agréable nouvelle
« qu'ils ont été exaucés !

« Dans cet espoir, je vous prie, Mademoiselle,
« d'agréer les salutations sincères et affectueuses
« De votre toute dévouée amie,

« Henriette DE VERTVAL. »

L'étonnement d'Hermann, de Thérèse et de Catherine à la réception de cette lettre et de la somme
considérable qu'elle renfermait, ne peut être com-
paré qu'à leur joie. Ils ne pouvaient deviner comment Mlle Henriette savait déjà la maladie de la mère
de famille, vu que Catherine ne lui en avait dit ni
écrit un seul mot ; ils ignoraient que le généreux médecin était en correspondance suivie avec Mme de
Vertval, dont il avait fait la connaissance pendant
un séjour à Vienne, et dont il avait appris à connaître le caractère bienfaisant et charitable. Aussitôt qu'il fut rentré chez lui, après la première visite
qu'il avait faite à Thérèse, il s'était mis à écrire à
Mme de Vertval l'histoire de la guirlande de houblon :
et le renvoi des trois écus, que tout autre que le
vertueux Hermann eût cru pouvoir garder sans scru-
pule, avait fourni au docteur l'occasion de recom-
mander aux bontés de cette dame la mère malade
ainsi que sa pauvre et intéressante famille. Mais cet
homme modeste, qui aimait à faire le bien en secret,
ne dit pas un seul mot de tout ceci. Il se contenta
de répondre aux vives démonstrations de gratitude
dont on l'accablait pour la bonté qu'il avait eue d'apporter lui-même ce paquet :

« Il me semble que cela est une chose toute simple. Je me trouvais au bureau justement au moment
où ce paquet est arrivé. En voyant l'adresse, j'ai
pensé qu'il vous serait agréable de le recevoir ce
soir même. J'ai donc prié la maîtresse de poste de
me le confier, et sur-le-champ, prenant ma canne et
mon chapeau, je suis venu l'apporter. Car n'est-ce
pas un devoir sacré que de se soulager les uns les
autres ? et quand on peut adoucir les peines de ses
semblables et leur rendre un service quelconque, il
est également de notre devoir de ne pas le remettre
au lendemain. D'ailleurs, la soirée étant belle,
j'avais envie de faire un tour de promenade ; et
comme je prends un vif intérêt à la position de cette
chère malade, mère de tant d'enfants, je n'ai pas

imaginé de meilleure promenade que celle-ci. Je
vous avoue pourtant que je suis passablement fati-
gué et que je me trouve altéré : pourriez-vous me
donner un verre de lait ? » Et il s'assit auprès de la
fenêtre.

Catherine s'empressa de lui en apporter un sur
une assiette de faïence fort propre ; il but, et dit :
« Ce lait est excellent ; mais comme il est un peu
trop gras, je désirerais y verser de l'eau. » Catherine apporta une carafe aussi claire et aussi transpa-
rente que l'eau qu'elle contenait. Le médecin fit un
sourire amical, jeta un regard autour de lui dans la
chambre, et dit : « L'ordre et la propreté règnent
partout dans cette maison : voilà ce que j'aime. »

Après s'être désaltéré, il se leva, s'approcha de la
bibliothèque, dont il visita les livres, et en approuva
le choix. « Il paraît que votre école est fort bien tenue, dit-il à Hermann : à quand l'examen et la
distribution des prix ?

— D'aujourd'hui en huit, répondit l'instituteur.

— Eh bien, dit le docteur, comme je dois encore
une dernière visite à notre chère malade, je vien-
drai ce jour-là et je profiterai de l'occasion pour assister, si vous le permettez, à l'examen. »

Hermann l'assura qu'il serait charmé que M. le
docteur voulût bien lui faire cet honneur.

Tout en causant avec Hermann, il continua à
faire quelques tours dans la chambre ; il examina
les estampes, le piano, les meubles, dont la simplicité élégante et surtout l'extrême propreté lui causè-
rent un visible plaisir. « Votre piano me paraît fort
bon, dit-il à Hermann : auriez-vous la complaisance
de me jouer un morceau de votre choix ?

— Avec le plus grand plaisir, monsieur le docteur. »

Hermann se mit au piano, et joua une nouvelle
sonate de Steibelt avec une habileté, un goût et une
expression dont son auditeur fut charmé autant que
surpris. La sonate terminée, le médecin lui dit :

« Vous jouez supérieurement bien, je vous en fais mon compliment. Sans doute vous êtes également fort sur la musique vocale ? »

Pour toute réponse, Hermann fit un signe à sa fille aînée, qui apporta un livre de cantiques, et l'ouvrit en disant : « Depuis le jour où pour la première fois j'eus l'honneur de voir monsieur le docteur, et surtout depuis le moment où maman se trouva mieux, le cantique que voici ne me sort pas de l'idée. Nous allons le chanter. »

Tous les autres enfants se placèrent autour de leur père, et l'on chanta avec accompagnement de piano, les enfants répétant en chœur les deux derniers vers :

O mes chants, célébrez la bonté tutélaire
Et l'ineffable amour du divin Créateur ;
Des mortels malheureux il veut être le père,
Et le soin de nos jours fait palpiter son cœur.
　　Sa charité sur nous répand la grâce ;
　　Rien de caché pour son œil paternel.
　　Tout parmi nous et s'oublie et s'efface,
　　L'amour de Dieu lui seul est éternel.

« C'est beau, c'est sublime ! s'écria le médecin ; votre méthode de chant est parfaite, monsieur l'instituteur ; la voix de votre fille aînée est ravissante, et vos autres enfants chantent en chœur avec un accord admirable. Mais les pieux et profonds sentiments de reconnaissance avec lesquels vous récitez cet hymne rehaussent encore l'agrément de vos voix : c'est que le sentiment est l'âme du chant, et peut seul lui donner de l'expression et de la mélodie. Et quel sentiment plus beau et plus élevé que celui de l'amour et de la reconnaissance envers Dieu ! Mlle Catherine a donc fait un excellent choix en nous donnant ces strophes. Je vous ai écoutés non seulement avec plaisir, mais encore avec le charme d'une pieuse émotion. Je serais tenté de passer des heures entières à vous entendre, néanmoins il est temps de m'en retourner chez moi ; j'ai encore quelques malades à visiter ce soir en ville. Je vous quitte donc, malgré le vif plaisir que j'aurais de passer toute ma soirée au milieu de vous. » Il se leva et s'approcha encore une fois du chevet de la malade. Il la consola affectueusement et l'encouragea par les meilleures espérances. Il lui promit de revenir huit jours après, attendu qu'il ne pourrait pas lui faire de visite plus tôt, et que d'ailleurs elle pouvait se passer de ses soins sans aucun danger.

Thérèse lui tendit la main et lui dit : « Monsieur le docteur, que de bienfaits vous répandez sur nous autres pauvres gens ! Non seulement vous avez la bonté de me donner gratuitement vos soins, mais vous avez encore pris la peine de venir vous-même nous apporter le secours que le Ciel nous envoie par les mains de Mᵐᵉ de Vertval. Jamais je ne pourrai assez vous exprimer ma reconnaissance. » Des larmes coulèrent sur les joues pâles de Thérèse ; le père et la fille aînée en versèrent aussi.

« J'écrirai moi-même à Mᵐᵉ de Vertval, dit le père pour la remercier des dons qu'elle nous a faits, tandis que Catherine, de son côté, adressera pareillement une lettre à Mˡˡᵉ Henriette. Pour vous, monsieur le docteur, puissent nos larmes vous dire tout ce que nous ne saurions vous exprimer ! »

Le médecin sentit une vive émotion de ces témoignages de gratitude, d'autant plus que cette famille ignorait tout ce qu'il avait fait pour elle en la recommandant aux bontés de Mᵐᵉ de Vertval. « Adieu, braves gens, au plaisir de nous revoir, » dit-il brusquement afin de leur cacher ses propres larmes ; et il s'esquiva rapidement.

Quand le père, Catherine et les enfants, qui avaient accompagné le docteur jusqu'à la porte de la maison, furent rentrés, Thérèse leva les mains et les yeux au ciel, et dit : « Grand Dieu, Dieu de bonté et de miséricorde ! oui, nous venons de l'éprouver de nouveau : votre amour et votre sollicitude pour nous sont sans bornes, comme votre toute-

puissance. Vous avez eu pitié de notre malheur et
nous avez secourus dans la détresse : toujours vous
venez à l'aide de ceux qui vous aiment et qui vous
invoquent. Que notre reconnaissance envers vous
soit éternelle, et que notre confiance en vous, même
dans les situations les plus désespérées, soit iné-
branlable. C'est vous qui nous avez consolés dans nos
maux et qui avez séché nos larmes. Remplissez nos
cœurs d'une douce et ferme confiance en votre sollicitude paternelle, et nous serons déjà heureux sur
la terre, et tous les jours nous aurons de nouveaux
motifs d'apprécier vos bontés et de vous en exprimer
notre reconnaissance. »

A cette prière de la mère, toute la famille répondit
unanimement : « Ainsi soit-il. »

X

Visite inattendue.

Peu de temps après, la bonne Thérèse eut entièrement recouvré la santé. Elle éprouva une indicible
joie de se voir en état de reprendre les soins de son
ménage, dont elle s'occupa avec ardeur et avec plaisir ; elle était heureuse surtout de pouvoir encore se
livrer entièrement à l'éducation de sa famille. Hermann, de son côté, tint son école avec un nouveau
zèle et ne vécut que pour ses enfants : c'était le nom
qu'il donnait aussi bien à ses élèves qu'à sa jeune
famille. Le médecin avait tenu parole ; au jour indi-
qué il vint assister à l'examen des enfants du village, qu'il interrogea lui-même, et auxquels il distribua plusieurs prix d'encouragement qu'il avait
apportés de la ville. L'école prospéra, le ménage reprit une modeste aisance, et l'hiver s'écoula ainsi
dans un invariable contentement, et sans qu'aucun

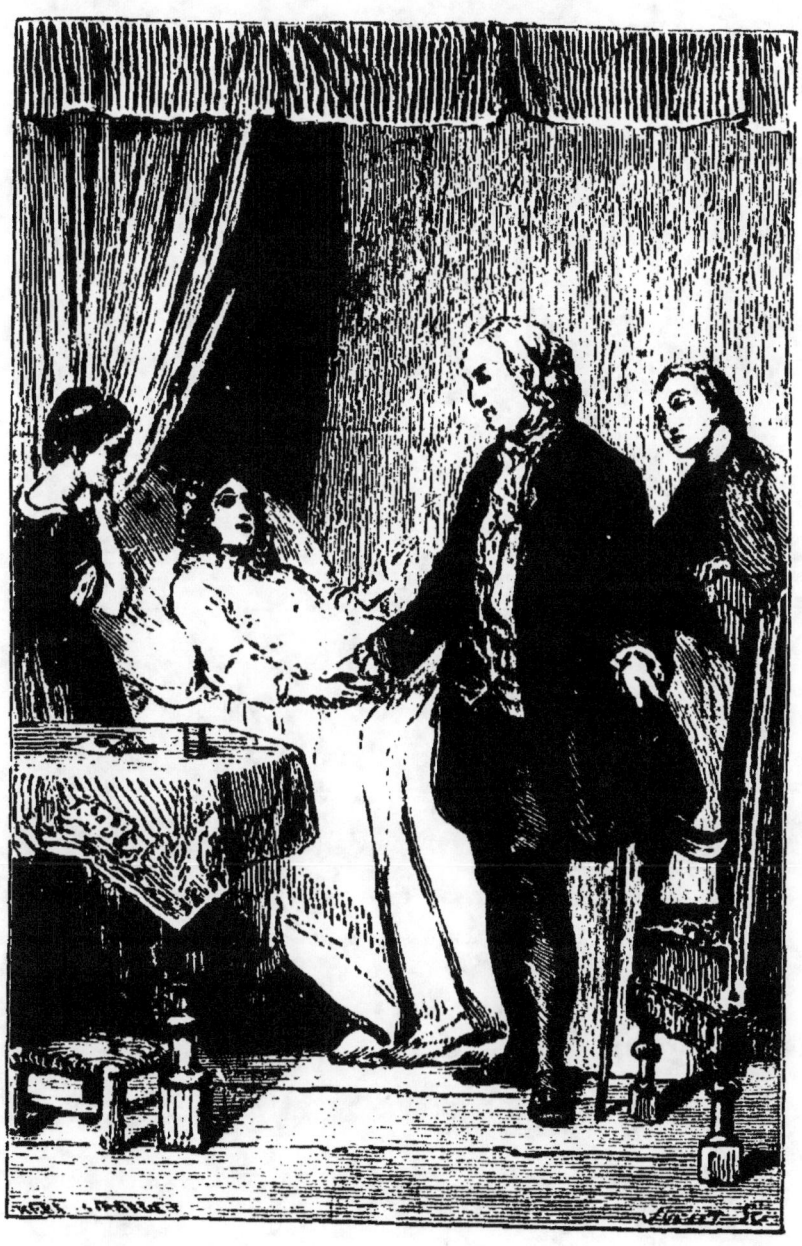

Le docteur se leva et s'approcha encore une fois du chevet
de la malade.

chagrin ni aucune peine sensible vinssent troubler
le bonheur domestique de la pieuse famille.

Le printemps reparut, à la grande satisfaction des
parents; les arbres du jardin se couvrirent d'une
belle floraison, indice presque certain d'une abondante récolte. Les enfants coururent avec allégresse
sur la verte prairie, cueillir, dans l'herbe et sous
les buissons ornés d'un feuillage nouveau, de jolies
primevères et des violettes odorantes, pour les offrir
à leur père et à leur mère. Leurs jeunes âmes, déjà
sensibles aux beautés de la nature, éprouvaient une
espèce de volupté quand ils se voyaient réveillés tous
les matins par le chant des oiseaux qui nichaient en
pleine sécurité sur les arbres et dans les haies d'a-
lentour, tandis que les plus petits enfants témoi-
gnaient un vif plaisir chaque fois qu'ils entendaient
le singulier mais agréable cri du jeune coucou.

C'était par une de ces belles journées du mois de
mai, l'instituteur venait de se mettre à table avec
ses neuf enfants, dont le plus jeune était assis sur
les genoux de sa mère. La grande écuelle qui contenait la soupe au lait fut promptement vidée, et
Catherine alla chercher un énorme plat de pommes
de terre toutes fumantes, sur lesquelles les enfants
se jetèrent avec cet empressement et cet appétit
naturels à leur âge. Tout à coup on entendit frapper
à la porte. « Entrez! » s'écrièrent dix voix à la fois;
tous regardèrent avec curiosité de ce côté, et l'on
vit entrer une jeune demoiselle grande, belle et élégamment vêtue.

« Dieu! c'est Mlle Henriette! » s'écria Catherine
en se levant avec précipitation et en volant à sa rencontre. Toute la famille se leva respectueusement.
Hermann, Thérèse et Catherine s'approchèrent les
premiers de la jeune étrangère pour la remercier du
généreux don qu'elle avait eu la bonté de leur en-
voyer. Mais Henriette les interrompit aux premiers
mots, et leur dit : « De grâce, je vous en prie, ne
me parlez pas de cette bagatelle, et reprenez vos

places, sans quoi vous me forceriez de partir à l'instant même.

« Voulez-vous me permettre de manger quelques pommes de terre avec vous?

— Mademoiselle nous fait beaucoup trop d'honneur, dit Hermann, de vouloir bien prendre part à notre frugal repas; nous voudrions avoir quelque chose de meilleur à vous offrir.

— Oh! je vous remercie, monsieur Hermann; les pommes de terre sont mon meilleur régal; c'est mon mets favori. »

Catherine alla chercher dans la chambre voisine une chaise de paille fort propre; elle apporta aussi une assiette de faïence; ensuite elle choisit plusieurs pommes de terre les plus belles, en ôta la peau et les plaça sur l'assiette, éclatante de blancheur et de propreté. Henriette les trouva excellentes, et les mangea avec beaucoup de plaisir. Cette jeune personne était d'un caractère gai, enjoué, et d'une amabilité charmante. Elle témoignait la plus vive satisfaction de considérer l'un après l'autre tout ce cercle de jolis enfants au teint frais, aux cheveux bouclés. Leur figure joviale, et le bon appétit avec lequel ils mangeaient leurs pommes de terre, lui plaisaient infiniment.

« Que ces enfants ont bonne mine! on ne saurait vraiment dire lequel est le plus joli, tant ils sont tous charmants et pleins de santé. La nourriture frugale leur profite à merveille, avec cela leur habillement est si propre!

— Oui, Dieu merci! répondit Thérèse, ils sont bien portants. Cependant nous avons de la peine à pourvoir à leur entretien et à leur nourriture, tout modestes qu'ils sont. Avec cela nos enfants grandissent tous les jours, et journellement aussi cela amène un accroissement de dépenses qui augmente nos soucis.

— Eh! repartit la vive et spirituelle Henriette en souriant, voudriez-vous par hasard que vos enfants devinssent de jour en jour plus petits! vous seriez bien autrement embarrassée! Allons, Madame, du courage, et remettez-vous-en au bon Dieu : il y pourvoira. »

Aussitôt que la vive Henriette eut satisfait son appétit, elle se leva, courut vers le piano, qu'elle avait déjà remarqué, et dit : « Restez, restez tous à table, je vous prie, je vais égayer la fin de votre repas en faisant de la musique. » Elle se mit à jouer plusieurs morceaux d'une manière si agréable, qu'ils furent couverts d'applaudissements. Hermann s'étant ensuite approché, elle lui dit : « A votre tour, Monsieur; veuillez nous jouer un air bien gai; » puis elle prit dans ses bras le plus petit enfant, et se mit à valser avec lui autour de la chambre pour l'amuser. La petite qu'elle tenait dans ses bras riait de toutes ses forces; ses jeunes frères et ses sœurs, entraînés par l'exemple autant que par l'excitation de la musique, se prirent par les mains et se mirent à danser aussi. La gaieté devint générale.

Cependant ni cette gaieté, ni la présence de la demoiselle étrangère, n'empêchèrent Thérèse de rappeler à ses enfants la prière habituelle après le repas, et la jeune étrangère pria dévotement avec les autres.

« Maintenant, dit Henriette, chantons un pieux cantique, cela termine convenablement une prière. Monsieur l'instituteur, voudriez-vous avoir la complaisance de nous accompagner sur le piano? Vous connaissez sans doute le beau cantique dont voici le refrain :

Tout bien descend du ciel, et nous provient de Dieu. »

Et tout de suite elle entonna de sa voix brillante la première strophe de ce cantique, qui commençait ainsi :

Avant que Dieu, d'un mot, donnât naissance au monde,
Tout n'était que chaos, obscurité profonde,
Dieu voulut : aussitôt la lumière se fit,
L'ordre régna partout, et le siècle s'ouvrit.

Catherine, Hermann et Thérèse chantèrent le refrain en chœur. C'était réellement un petit concert
spirituel d'un effet ravissant. Sitôt qu'il fut terminé,
Thérèse prit le plus jeune de ses enfants, qui avait
besoin de sommeil, et le porta dans la chambre
voisine pour le déshabiller et le mettre au lit. A peine
fut-elle sortie, qu'on entendit de nouveau frapper à
la porte. Catherine courut ouvrir, et l'on vit entrer
dans la chambre une dame d'un extérieur distingué
et d'une toilette recherchée. Cette dame, avant d'entrer, s'arrêta quelques instants sur le seuil de la
porte, et semblait prendre plaisir à considérer cette
chambre si claire, si propre et si riante. Ses regards
se portèrent avec une égale satisfaction sur le groupe
nombreux de ces jolis enfants.

« C'est ma mère, » dit Henriette tout bas à Catherine, qui était à ses côtés. Celle-ci fit alors un salut respectueux à la dame, qui, fixant sur elle ses
regards, s'écria avec étonnement : « Dieu du ciel, que
vois-je? Pardon, Mademoiselle, mais plus je vous regarde, plus je vous trouve de ressemblance avec une
des plus intimes amies de ma jeunesse. En vérité, j'ai
cru d'abord la voir en personne. Les mêmes traits,
la même taille, les mêmes cheveux et jusqu'au même
costume, enfin exactement telle qu'elle était habillée
le jour où elle me sauva la vie, il y a fort longtemps.
Voilà comme je la vis lorsque après un long évanouis-
sement je rouvris les yeux à la lumière. Je ne l'oublierai jamais! Oh! c'est sans doute votre mère.
Ah! dites-le-moi, ajouta-t-elle en parcourant de ses
regards toute la chambre, est-elle encore en vie? où
est-elle? »

Avant que Catherine eût pu répondre, Thérèse,
ayant entendu ces dernières paroles de la pièce voisine, entra dans la chambre. Mme de Vertval la con-
sidéra un instant, et s'écria avec extase : « Thérèse!
Ah! c'est bien toi, chère Thérèse! quel bonheur de
te revoir après une si longue séparation! » Et elle
courut les bras ouverts la presser sur son cœur.

La bonne maîtresse d'école, qui avait écouté la dame étrangère, demeura interdite et regarda cette dame avec des yeux où se peignait un extrême étonnement : « Je ne me rappelle pas d'avoir jamais eu l'honneur de voir Madame.

— Comment! tu ne reconnais pas Léonore! tu ne te souviens plus des jours heureux de notre enfance et de notre première jeunesse, que nous avons passée ensemble au château de Lindenberg? tu ne te souviens pas que tu venais m'y voir tous les jours, que nous travaillions, que nous chantions, que nous nous amusions, que nous nous balancions sur l'escarpolette, que nous arrosions les fleurs? As-tu oublié tout cela? As-tu pu oublier aussi que tu me sauvas la vie le jour où j'eus le malheur de tomber dans le grand bassin?

— O Dieu! c'est vous! s'écria alors Thérèse, toute surprise et transportée de joie. Ah! quel bonheur de vous revoir! Mille et mille fois j'ai pensé à vous : que n'aurais-je pas donné pour avoir de vos nouvelles! mais jamais je n'ai pu apprendre ce que vous étiez devenue.

— Et moi aussi, j'ai pensé à toi; je ne puis dire combien je désirais de retrouver l'amie chérie de mes jeunes années et de pouvoir l'embrasser encore, ne fût-ce qu'une fois. Combien j'ai gémi des circonstances déplorables qui nous ont séparées durant de si longues années! Combien de larmes j'ai répandues! Enfin nous nous retrouvons, grâce à Dieu, et j'espère que c'est pour ne plus nous quitter. Viens, Thérèse, chère amie, chère compagne de mon enfance, que je te presse contre mon cœur. »

Et ces deux bonnes et sensibles amies volèrent dans les bras l'une de l'autre, et se tinrent longtemps serrées en répandant des larmes de joie et d'attendrissement.

« Te rappelles-tu encore, reprit enfin Mme de Vertval, te rappelles-tu nos touchants adieux à Lindenberg au moment où je partis avec mes parents pour

Vienne? Ah! que d'actions de grâces nous devons à Dieu, qui nous a rendues l'une à l'autre d'une manière si surprenante, si inattendue! Certes, en entrant dans cette maison, dans cette chambre, je ne m'attendais à rien moins qu'à t'y retrouver. »

Thérèse, pouvant à peine contenir son émotion et ses larmes de joie, reprit enfin la parole : « Mais quel heureux hasard vous a conduite dans ces contrées, chère amie? car c'est le seul nom que je puisse vous donner, ne sachant pas si je dois encore vous appeler Mlle de Lindenberg ou madame!

— Ah! tu l'ignores? Tiens, regarde : cette grande demoiselle-là est ma fille.

— Comment! Mlle Henriette est votre fille? vous êtes donc Mme de Vertval? Oh! soyez doublement la bienvenue. Grand Dieu, quel étonnant coup du hasard!

— C'est Dieu qui a dirigé tout cela; il a voulu vous récompenser de la probité et de la délicatesse dont vous avez tous fait preuve dans l'affaire de la guirlande de houblon. La lettre que Catherine avait jointe au renvoi des trois écus m'a si vivement touchée par la noblesse des sentiments exprimés dans un style si simple, que j'ai voulu mieux connaître cette excellente jeune personne et ses aimables parents. J'ai donc pris des informations sur Catherine et sur la situation de sa famille, et tous les renseignements que j'ai recueillis ont été à votre avantage; mais aussi j'ai appris en même temps la maladie de l'estimable mère d'une famille aussi intéressante. Sans me douter en aucune manière que la mère de Catherine fût mon ancienne amie, je pris le plus vif intérêt à votre position. En ce moment je viens de quitter la capitale pour aller passer la belle saison dans notre campagne. En passant près du petit village de Steinach, j'ai conçu le désir irrésistible de lier connaissance avec une famille si honnête et dont on m'a dit tant de bien. Henriette, qui ne peut jamais se lasser de courir, m'a priée de lui permettre de prendre les devants par le petit sentier, tandis que je l'ai suivie lentement dans ma voiture sur la grande route. Je me suis arrêtée quelques instants à votre porte, où j'écoutais avec plaisir votre charmant concert, et, pour ne pas l'interrompre, je ne me suis annoncée, en frappant à votre porte, que lorsque le chant a cessé. C'est ainsi que Dieu m'a amenée pour te retrouver enfin, après une si longue séparation. »

Se tournant alors vers les spectateurs de cette scène touchante, tout ébahis de ce qu'ils venaient de voir et d'entendre : « Ah ! voilà ton époux, voilà tes enfants, chère amie : que tu dois être heureuse au sein d'une si aimable famille ! tes enfants sont vraiment charmants. » Et elle les embrassa l'un après l'autre. Puis s'adressant à Hermann : « Vous me pardonnerez, Monsieur, si je ne vous ai pas encore adressé la parole; mais la joie de revoir une amie qui m'est bien chère a été si subite, qu'elle m'a fait oublier tout le monde. Je m'empresse de réparer cette distraction en vous présentant l'hommage de la plus haute estime; je sais que vous êtes un homme honorable, bon père, bon époux et excellent instituteur; je félicite Thérèse d'avoir fait un si excellent choix; comme je dois vous féliciter également, Monsieur, d'avoir une épouse si accomplie. Vous m'avez tous inspiré le plus vif intérêt; plus tard j'aurai à m'entretenir avec vous à ce sujet. Pour le moment, je vous demande la permission de me promener seule avec elle au jardin : nous avons tant de choses à nous raconter ! » Et, sortant bras dessus, bras dessous avec Thérèse, elle dit à Henriette : « Va, ma fille, prends dans la voiture les gâteaux et les bonbons que j'ai apportés, partage-les entre ces aimables enfants, et amuse-toi avec eux jusqu'à notre retour. »

XI

Tableau d'une bonne mère de famille.

Après avoir fait quelques tours de promenade au jardin, les deux amies allèrent s'asseoir sur un banc au pied du pommier, sous les jolies fleurs blanches et rouges : un beau ciel d'azur semblait sourire à leur bonheur. Mme de Vertval se mit la première à raconter tout ce qui lui était arrivé depuis la mort de sa mère, ce qu'elle avait eu à souffrir auprès de sa tante méchante et avare, qui lui interdisait formellement toute correspondance parce que les ports de lettre, le papier et la cire à cacheter étaient une dépense inutile. Elle se trouvait alors dans l'impossibilité de donner à son amie de ses nouvelles et d'en recevoir. Après plusieurs années d'une vie bien malheureuse dans la maison et sous la dépendance de cette tante, elle fit connaissance de M. de Vertval, homme intègre et d'un excellent caractère; elle l'épousa, et il la rendit parfaitement heureuse. Quelque temps après leur mariage, les événements de la guerre la forcèrent de se réfugier avec son mari à Prague, où ils restèrent jusqu'à la conclusion de la paix. Ce n'est qu'alors qu'elle put se rendre avec son mari dans les contrées qu'elle avait autrefois habitées avec Thérèse, mais un trop long espace de temps s'était écoulé, trop de changements avaient eu lieu, et il lui fut impossible de découvrir son amie d'enfance.

Thérèse raconta à son tour son histoire depuis son départ de Lindenberg, sa retraite et sa vie paisible chez son oncle le chantre, où elle apprit à connaître et à estimer le caractère honnête et vertueux de l'instituteur Hermann, son mari actuel, qui la rendait la plus heureuse des femmes. Elle ajouta que durant les premières années de son ménage aucun chagrin domestique n'était venu troubler la félicité de son ménage; que bien souvent, sous ce même pommier à l'ombre duquel elles se trouvaient assises dans ce moment, elle avait adressé de ferventes actions de grâces à Dieu d'avoir béni son union et de l'avoir rendue la plus fortunée des épouses et des mères; que l'accroissement considérable de sa famille lui avait seul causé d'abord des soucis et des embarras, et les avait enfin plongés dans la misère à l'époque et par suite de sa dernière maladie.

« Mais, au nom du Ciel! dis-moi, chère Thérèse, comment tu as fait avec un revenu de quelques centaines de francs à peine, et avec tes neuf enfants, pour maintenir ton ménage dans un ordre si parfait et subsister honorablement pendant tant d'années.

— Quelquefois je m'en suis étonnée moi-même, répondit Thérèse. Cependant j'aime à croire que là bonté du Seigneur veillait sur nous; il est vrai que nous ne manquions pas d'y contribuer selon nos moyens : et en cela nous avons éprouvé la vérité de ce proverbe que mon mari répétait souvent : *Aide-toi, le Ciel t'aidera.*

— J'ai la parfaite conviction que tu as su gouverner ton ménage avec intelligence, et que tu n'as épargné ni peines ni soins pour le tenir en bon ordre. Cependant je voudrais bien savoir comment tu as su t'y prendre, avec des ressources aussi faibles, pour nourrir neuf enfants et faire face aux dépenses d'un ménage si considérable. Je ne le puis concevoir. Raconte-moi, chère amie, raconte-moi ton secret dans ses moindres détails. »

Thérèse répondit : « Tout dépend de nos premières habitudes : l'amour de l'ordre et de l'économie contracté pendant la première jeunesse se conserve ordinairement jusqu'au déclin de la vie. Même avant notre mariage, mon mari et moi nous étions très économes. Hermann n'était alors que sous-maître, et dans l'intervalle des classes il donnait des leçons particulières en ville : ses talents et son activité lui firent gagner beaucoup d'argent; et comme il n'était ni buveur ni joueur, et qu'il n'aimait les dissipations d'aucune espèce, il se vit bientôt dans une certaine aisance. Songeant d'avance à son établissement futur, il se procura peu à peu, et quand l'occasion se présenta, des meubles, des livres, des tableaux et un piano. Tout ce que nous possédons de plus beau actuellement était à lui avant notre mariage. Maintenant il ne pourrait acheter ni livres ni tableaux, ni instruments de musique. Moi de mon côté, étant encore fille, je fis aussi des épargnes. Au lieu de suivre les modes et de dissiper mon argent en dentelles, rubans, fichus et autres semblables frivolités, j'achetai peu à peu du linge, des matelas, des ustensiles de cuisine, toutes choses qui nous ont été depuis très utiles. Au commencement de notre union, avant que notre famille devînt si nombreuse, nous avions constamment trouvé moyen de faire quelques économies, et nous avions soin tous les mois ou tous les trimestres de mettre ces épargnes de côté. Ce denier de réserve nous a été par la suite d'un très grand secours.

— C'était agir prudemment d'avoir tâché de garder toujours une poire pour la soif; mais je ne puis encore comprendre comment, avec si peu de ressources et tant de dépenses, tu as pu atteindre ce but. J'ai bien entendu dire, en général, que le secret d'une bonne ménagère consiste à savoir augmenter les recettes et diminuer les dépenses. Mais dans ta position particulière, comment cela t'était-il possible? Voyons, chère amie, explique-moi bien comment tu as fait pour augmenter tes recettes.

— Mon mari et moi nous nous sommes constamment attachés à accroître nos ressources et à les étendre par tous les moyens qu'autorise la probité. A la vérité, la partie de notre traitement qu'on nous donnait en argent, en bois et en blé, devait naturellement rester telle qu'elle était, et n'était point susceptible d'augmentation. Mais les différents terrains que la commune alloue à l'instituteur pouvaient être améliorés; mon mari s'y appliqua et sut en tirer un parti avantageux. Ce jardin-ci était un gazon sec et aride, et la place située devant notre maison d'école était une espèce de marais, un véritable cloaque.

« Il existe sur la colline là-haut une source dont les eaux traversent le village, et qui autrefois s'arrêtaient devant notre maison, faute d'écoulement; de là ce marais infect. Hermann pratiqua des rigoles qui font couler les eaux dans notre jardin, qu'elles arrosent aujourd'hui, et qui nous procurent une riche verdure et une végétation féconde. A force de travail, il transforma ce marais insalubre en une jolie prairie garnie de buissons, de fleurs et d'arbres fruitiers. Par ce moyen nous sommes en état de nourrir deux vaches qui nous fournissent du lait et du beurre en abondance, tandis que le prédécesseur de mon mari avait à peine de quoi nourrir une seule vache.

« La partie du jardin que nous avons cultivée en légumes nous en fournit au delà de notre consommation; quant au surperflu, nous l'envoyons au marché de la ville voisine, où l'on s'arrache surtout nos asperges et nos choux-fleurs, qui sont d'excellente qualité et d'une beauté peu commune. Ce qui nous rapporte le plus, ce sont les arbres fruitiers que mon mari a plantés et greffés il y a quinze ans. Pour une maison où il y a beaucoup d'enfants un jardin garni d'arbres fruitiers est un véritable bienfait; nos enfants y trouvent pour leur goûter une nourriture saine et toute préparée; il nous en reste une grande quantité que nous vendons. Tenez, ma chère Léonore, le pommier sous lequel nous sommes assises, et qui porte des fruits délicieux, nous a valu mainte année, à lui seul, plus de dix écus. Notre pépinière aussi nous en a déjà rapporté quelques-uns. Les

abeilles là-bas, qui trouvent une abondante nourriture
dans ce jardin et sur les buissons d'alentour, nous
fournissent de la cire et du miel en si grande quantité, que nous en tirons un bon profit. Mon mari,
ayant remarqué un jour quelques plants de houblon
qui croissaient contre la haie, conçut l'idée de cultiver cette plante et de transformer en houblonnière
la colline attenante au jardin, qui autrefois n'était
couverte que de ronces. Cet essai lui réussit parfaitement, et la récolte de houblon nous vaut aussi
chaque année une jolie somme d'argent.

« Ainsi notre jardin contribue grandement à l'entretien du ménage. Mais il faut de l'activité, de l'intelligence et des soins continuels, sans cela toute
prospérité devient impossible. Aussi mon mari se
donne-t-il toutes les peines du monde pour augmenter ses ressources. Il se rend deux fois par semaine au château, à une lieue d'ici, et donne des
leçons de chant et de piano ; de plus il copie de la
musique et il sait tracer ses notes avec une telle net-
teté, qu'on dirait qu'elles sont gravées : mon oncle
le chantre lui envoie de temps en temps de gros
cahiers de musique à copier, et lui procure ainsi un
gain honorable. Quand on a du talent et de la bonne
volonté, on trouve toujours quelque chose à faire.

« De mon côté, je tâchais de contribuer autant
que je pouvais à l'aisance de notre ménage. D'abord
je tire un bon parti de mon parterre, dont je cultive soigneusement les fleurs.

« Aux noces il faut une couronne de fleurs d'o-
ranger à la mariée, les convives portent des bou-
quets à leur boutonnière ; aux enterrements on place
une couronne de roses blanches sur le cercueil des
jeunes filles, et des immortelles sur les tombeaux ;
les habitants du village et des hameaux circonvoisins
viennent acheter tout cela chez moi. J'avais une
nombreuse basse-cour de poulets et de dindons, j'y
ajoutai un pigeonnier, et le voisinage de l'eau me
permet au printemps d'élever des oies et des canards,

que mes petites filles gardent tout en tricotant. En outre, les parents de mes écoliers m'apportaient tant d'ouvrage, que bien souvent je cousais, brodais ou tricotais dès la pointe du jour et bien avant dans la nuit. A mesure que mes enfants grandissaient, je leur donnais des occupations proportionnées à leur âge.

« J'enseignais à mes filles à filer le lin, à coudre, à tricoter, à faire la cuisine, à soigner la lessive, et enfin tous les ouvrages qui sont du ressort d'une maîtresse de maison, tandis que les garçons travaillaient au jardin, bêchaient, sarclaient, arrachaient les mauvaises herbes, arrosaient les fleurs et les légumes, etc.; le soir, à la veillée, ils faisaient des paniers pour contenir des fleurs et des légumes destinés à être envoyés au marché, ou bien ils s'occupaient à écosser des fèves, à choisir les plumes, à en séparer le duvet, etc. Enfin tous contribuaient par leur travail, selon leurs forces, à subvenir aux besoins de la maison.

« Permettez-moi à ce sujet de vous citer encore un trait : l'année dernière, je remarquai sur les buissons qui environnent la montagne une quantité extraordinaire de ces baies rouge écarlate qu'on appelle *églantines*. J'en fis cueillir par mes enfants, qui m'en apportèrent plusieurs paniers : les femmes du village se moquèrent de moi, ne concevant pas à quoi je prétendais les employer. J'en fis nettoyer l'intérieur, et ces baies, dédaignées dans la contrée, me donnèrent d'excellentes confitures. Alors elles furent très surprises; elles l'auraient été bien davantage si elles avaient vu l'argent que j'en ai retiré.

« Voilà comment, à force de travail et d'industrie, nous sommes parvenus à doubler nos modiques appointements.

« Je passe maintenant à la seconde partie de la science du ménage, science qui consiste, comme vous le disiez, à savoir augmenter les recettes et diminuer les dépenses. »

Thérèse reprit : « Le principal moyen de restrein-

dre les dépenses consiste à ne pas dépenser un liard
mal à propos. C'est ce que nous fîmes : notre cuisine
n'a jamais vu s'apprêter chez nous que le simple
ordinaire. Jamais aucun de ces mets recherchés et
savamment apprêtés qui coûtent si cher et flattent
la sensualité sans donner de forces au corps, n'a
paru sur notre table. Nous nous contentons de la
nourriture la plus frugale, et nous nous en portons
mieux. Nos enfants ne connaissent ni les sucreries
ni les friandises d'aucune espèce, aussi leurs joues
sont-elles rondes et colorées comme des pommes.
Dans ma cuisine je n'ai pas besoin d'autre épice que
le cumin, le thym, l'oignon et la ciboulette de notre
jardin; quant au meilleur de tous les assaisonne-
ments, l'appétit, il ne nous manque pas, je puis
vous l'assurer; car, lorsqu'on travaille toute la journée, l'appétit vient toujours. Mon mari n'a jamais
fréquenté les cabarets ni les billards, ni joué aux
cartes, comme font tant d'autres; moi, de même, je
ne prends jamais de café ni d'autres gourmandises.
Les enfants ne boivent que de l'eau : mon mari et
moi, nous buvons de la petite bière ou du cidre pro-
venant des pommes de notre jardin; nous faisons
usage de vin seulement dans le cas d'indisposition
ou de maladie. Hermann n'a pas non plus l'habitude
de fumer ni de priser; il a pour cela deux motifs :
« D'abord, dit-il, si j'usais du tabac pour un sou
seulement par jour, cela ne manquerait pourtant pas
de composer au bout d'un certain nombre d'années
une somme assez forte, et dans un ménage tel que
le nôtre, dont le revenu est fixe et borné, toute dépense, quelque minime qu'elle paraisse, doit être
comptée. » Puis il trouve avec raison que l'usage de
la pipe est une habitude sale, nauséabonde et dé-
goûtante. La fumée la plus agréable pour lui était
celle que je lui procurais en promenant dans les appartements ou dans la salle d'école un réchaud
allumé sur lequel j'avais jeté quelques baies de ge-
nièvre ou des pelures de pommes. Il avait coutume

de frotter de temps en temps entre ses doigts du géranium, dont nous avons des plants dans notre jardin et sur le balcon de nos fenêtres; et en respirant cette odeur il disait avec délices : « Cela est bien plus agréable que le tabac et ne coûte pas si cher. »

« Quant à notre habillement, il était toujours propre, mais simple et modeste; tout luxe et toute superfluité nous étaient en horreur. Je faisais toujours moi-même les robes de mes filles ainsi que les miennes : il en fut de même du raccommodage des habits de mon mari et de mes garçons. Nous ménageons nos vêtements autant que possible; les dimanches soir, au sortir de l'église, mes enfants étaient tenus d'ôter leurs habits du dimanche, de les plier soigneusement et de les serrer dans une armoire : de cette manière ils les conservaient longtemps propres et en bon état. La moindre déchirure que j'y voyais était raccommodée sur-le-champ, afin qu'elle ne s'agrandît pas. Les habits que mon mari avait portés pendant longtemps servaient encore successivement à tous mes fils depuis l'aîné jusqu'au dernier; j'arrangeais de même mes vieilles robes, qui passaient à mes filles. C'est, par exemple, ce que j'ai fait pour le fameux chapeau de paille que j'avais porté à Lindenberg avant mon mariage, que j'ai arrangé pour Catherine, et qui a été l'heureux instrument de notre réunion, chère amie. Cela vous prouve que rien, dans notre ménage, n'a été perdu; et je profitais de chaque morceau d'étoffe ou de linge aussi longtemps qu'il y restait encore deux fils ensemble.

« Je fis régner la même économie dans tout ce qui regarde le mobilier. Jamais nous n'achetions d'objets de luxe ou de fantaisie, quand même nous les aurions eus presque pour rien. Un vieux proverbe dit : *Quand on achète volontiers le superflu, on est forcé tôt ou tard de vendre le nécessaire.* Les meubles que nous avions, nous eûmes toujours soin de les entretenir en bon état. Souvent, dans un ménage

mal tenu, beaucoup de meubles et d'autres objets se
perdent ou se dégradent par la négligence : des verres, des assiettes, des vases de porcelaine se brisent,
des ustensiles de cuisine ou des instruments de jardinage qu'on laisse traîner s'égarent, se rouillent ou
sont volés. Dans une maison mal rangée, les enfants
s'emparent de tout ce qu'ils trouvent à leur portée,
et gâtent tout ce qu'ils touchent. Combien de temps ne
perd-on pas pour chercher un objet, faute de pouvoir
se rappeler où on l'a mis! Chez nous chaque chose
a sa place déterminée, où elle est à l'abri des accidents; et on la retrouve toujours quand on en a besoin. Cette constante habitude de l'ordre, de la propreté et de l'économie nous a épargné bien des pertes
et des dépenses. Le même mobilier que nous avons
acheté la première année de notre mariage se trouve
encore en si bon état, qu'il pourra servir à nos petits-
enfants. Jamais le moindre chiffon, le plus petit
morceau de papier ni le plus petit brin de fil ne se
perdait par terre; il était aussitôt relevé, et nous
était utile dans un temps ou dans l'autre. Je dois
faire observer que la florissante santé de mes enfants
doit être attribuée à cette propreté, et, grâce à Dieu,
ils ont toujours été bien portants, sauf les maladies
ordinaires de leur âge. Je pourrais dire encore bien
des choses sur cette matière; mais je crains déjà
d'avoir jasé trop longtemps et d'avoir abusé de votre
complaisance.

— Point du tout, ma chère amie, je t'ai écoutée
avec plaisir et je t'écouterais encore longtemps.
L'ordre et une sage économie dans le gouverne-
ment des affaires domestiques ne peuvent être assez
recommandés aux mères de famille de toutes les
classes de la société, quels que soient leur rang et
leur fortune, aux riches aussi bien qu'aux pauvres.
J'admire ton activité, ta prudence et la résignation
que tu as su déployer dans une position si difficile,
position dont les embarras, augmentant chaque
année, ont dû souvent t'arracher des soupirs.

— Sans doute, j'ai plus d'une fois gémi de notre
position dure et pénible, surtout lorsque la disette
et les maladies vinrent encore l'aggraver au point de
nous plonger quelquefois dans une véritable détresse; et je ne puis disconvenir qu'il m'est arrivé
de verser des larmes en secret. Pourtant je ne me
suis pas laissé abattre : mon cœur était navré, il est
vrai, mais je montrais du courage, afin de ne pas
augmenter l'affliction de ma famille. Dans mes peines,
j'ai toujours eu recours à la prière et à la réflexion ;
alors j'ai trouvé dans mes malheurs mêmes de puissantes consolations. J'ai reconnu que notre pauvreté
nous a été salutaire; car elle nous forçait à travailler, à fuir l'oisiveté, et, par cet exercice continuel
de nos facultés, nous conservait un corps robuste et
un esprit sain, ce qui était un grand bonheur pour
nous. Si nous avions été plus riches, nous aurions
commis plus d'une sottise que nous n'avons pas faite.
Les peines que nous avons éprouvées de temps en
temps nous forçaient de penser plus souvent à Dieu :
nos prières étaient plus ferventes, notre confiance
en lui plus complète, et son secours et sa sollicitude
paternelle plus visibles. Tous ces résultats augmen-
tèrent et affermirent notre piété : que sait-on si dans
une situation moins pauvre ma famille eût été aussi
pieuse et aussi sage? Ainsi, loin de me plaindre, je
bénis le Seigneur de nous avoir mis dans une position aussi précaire, même de nous avoir envoyé des
disgrâces et de nous avoir conduits par la voie des
épreuves. Que le saint nom de Dieu soit donc loué
et béni en toutes choses !

« Je vous avoue cependant, chère amie, que, si
notre position actuelle tardait encore longtemps à
s'améliorer, de manière ou d'autre, je ne pourrais
m'empêcher de craindre un peu pour notre avenir.
Je n'ai plus ni la santé ni la vigueur de ma jeunesse,
et nos appointements sont évidemment trop faibles
pour entretenir un si grand nombre d'enfants. Le
temps approche où il faudra faire apprendre un état

à nos garçons et donner quelque dot à nos filles. Où prendrons-nous l'argent qu'exige ce double objet? Cela me tourmente beaucoup; je ne puis m'empêcher d'en parler souvent à mon mari, qui s'efforce en vain de me tranquilliser et de ranimer mon courage. Jusqu'ici nous avons passé nos jours dans la paix et dans le contentement, aimés et estimés de tout le monde. Il serait pourtant à désirer que mon mari pût obtenir une place plus avantageuse, ne fût-ce qu'en considération de sa nombreuse famille.

— Eh bien! ma chère Thérèse, dit Mᵐᵉ de Vertval, cela viendra. Crois-moi quand je te dis : Dans ce même instant où tu te tourmentes, le bon Dieu a déjà préparé ton bonheur et celui de ta famille. Dès que sa suprême sagesse voit que la position dans laquelle il nous a placés dans ce monde n'est plus compatible avec notre vrai bonheur, c'est-à-dire utile à notre salut et à notre perfectionnement, il nous en retire et nous place dans une autre. Confions-nous à cet égard en sa bonté. J'ai vu fréquemment dans le monde que, quand un homme remplit les devoirs de son état avec zèle et fidélité, malgré la médiocrité de ses appointements, le bon Dieu le retire de l'obscurité et le met dans une position qui agrandit la sphère de son utilité pour le bien, et qui le récompense en même temps de ses utiles travaux par une heureuse aisance. Même chose arrivera, j'en suis persuadée, à ton mari. Ainsi tranquillise-toi, encore un peu de patience, et tout ira pour le mieux. Mais il est temps d'aller revoir nos enfants. »

A ces mots, les deux amies se levèrent et rentrèrent dans la maison.

XII

La vertu récompensée.

Pendant cette longue mais intéressante et instructive conversation des deux amies sous l'ombrage du pommier fleuri, Henriette s'était amusée dans la chambre avec les enfants de l'instituteur, et leur avait distribué les sucreries que sa mère lui avait ordonné d'aller prendre dans le coffre de sa voiture. Ces sucreries, artistement travaillées et embellies de jolies couleurs, avaient frappé d'une vive surprise et d'une grande joie ces pauvres enfants, qui n'avaient encore rien vu de semblable. Ils avaient peine à concevoir que ces jolis petits moutons, que ces bergers et ces bergères, ces charmantes petites guirlandes et ces corbeilles de fleurs pussent être mangés. Aussi, quand la demoiselle leur dit de les briser et d'en goûter un morceau, ils furent tous étonnés, et crurent qu'elle voulait plaisanter.

« Non, non, s'écrièrent quelques-uns, nous ne les mangerons pas; ce serait dommage.

— Je donnerai ma jolie guirlande de fleurs à maman, dit Louise, elle me la conservera dans son armoire. »

Marie examina attentivement sa corbeille en sucre candi remplie de fruits de la grosseur de petits pois, et s'écria douloureusement : « Oh! quel malheur! la gelée blanche a passé sur ces petites pommes, elles en sont toutes couvertes et brillent comme des glaçons en hiver. » Le petit Antoine, sautant de joie, courut vers son père, lui montra son joli mouton blanc comme la neige, et lui demanda s'il ne fallait pas le faire rôtir avant de pouvoir le manger; tandis que Charles, en vrai cannibale, avait scandalisé ses frères et ses sœurs en croquant la tête de sa charmante bergère, qu'il avala en assurant qu'elle était fort bonne.

La petite Charlotte, dont la part consistait dans une poignée de dragées, grimpa sur une chaise pour atteindre la table, et se mit à séparer soigneusement les rouges d'avec les blanches; elle mangeait les rouges et mettait les blanches de côté. « Que fais-tu donc là? lui demanda Henriette; pourquoi ne manges-tu pas ces petites dragées blanches?

— C'est, répondit l'enfant, qu'elles ne sont pas encore mûres; on a eu tort de les cueillir sitôt. »

Tous les autres enfants partirent d'un bruyant éclat de rire, sans songer pourtant à se moquer d'elle; néanmoins la pauvre petite, toute honteuse, rougit, et peu s'en fallut qu'elle ne pleurât. Henriette, avec un aimable sourire, s'empressa de la consoler; elle la prit dans ses bras, en lui disant : « Console-toi, chère petite Lolotte, ce n'est rien; il est si facile de se tromper, que cela peut arriver à tout le monde. Tiens, cela m'est arrivé à moi, qui suis bien plus grande que toi : demande à ta sœur Catherine si ce n'est pas vrai. N'est-ce pas? tes parents t'ont défendu de manger des fraises et des groseilles avant qu'elles fussent bien mûres et bien colorées; en te trompant avec ces dragées, tu as montré du moins que tu es bien obéissante; ainsi l'on aurait tort de se moquer de toi; car ce trait te fait honneur; tu es une bonne petite fille. » Et elle lui donna encore un morceau de gâteau, ce qui lui rendit bientôt toute sa gaieté.

Dans cet intervalle, Catherine, d'après l'ordre de ses parents, avait préparé quelques rafraîchissements pour les dames étrangères. La table fut couverte d'une nappe dont la blancheur était vraiment éblouissante; on y voyait une écuelle de lait doux, une autre de lait caillé, un beau morceau de beurre frais posé sur une assiette garnie de feuilles de vigne, dont le beau vert foncé relevait encore la couleur déjà si appétissante du beurre; un compotier contenant du fromage blanc entouré d'une belle crème; un autre compotier où il y avait du miel vierge pur comme de l'or. Sur le bout de la table était un pain de ménage savoureux, à l'autre bout une miche de pain blanc que Catherine était allée chercher en secret chez le boulanger voisin. Le tout était entouré de plusieurs petites corbeilles de jonc élégamment tressées, garnies intérieurement de feuilles de vigne, et remplies de plusieurs espèces de fruits parfaitement bien conservés; un magnifique bouquet de fleurs de la saison, placé dans un vase occupait le milieu de la table. Les assiettes n'étaient qu'en faïence, et les cuillers en fer; mais le tout reluisait de propreté. Hermann apporta une bouteille d'un excellent vin vieux, reste de celui que la bonne maîtresse de poste leur avait envoyé pendant la maladie de Thérèse, et qui, depuis le rétablissement de celle-ci, avait été soigneusement conservé dans la cave. Il la posa vis-à-vis des places réservées aux dames de Vertval.

Quand les deux amies entrèrent dans la maison, Mme de Vertval fut agréablement surprise en voyant l'exquise propreté qui régnait dans l'arrangement de cette table champêtre.

« Qu'ils sont heureux, les habitants de la campagne! dit-elle : la nature leur prodigue ses présents les plus précieux : du lait, du beurre, du miel, des fruits délicieux! Vous avez tout cela de la première main, tandis que dans les villes nous payons tout cela fort cher, et ne l'avons jamais aussi bon ni aussi frais que chez vous. Qu'elles sont fades toutes les sucreries les plus recherchées et toutes les friandises apprêtées par la main des hommes, en comparaison de ces dons de la bienfaisante nature, de ces magnifiques fruits, par exemple! »

Mme de Vertval s'assit à côté de Thérèse; Henriette et Catherine se placèrent en face; Hermann voulait rester debout pour servir ces dames; mais

Mme de Vertval lui dit du ton le plus aimable :
« Monsieur Hermann, venez vous placer à côté de
moi, nous n'avons pas encore causé ensemble, et
j'ai des propositions à vous faire. Cependant com-
mençons par profiter de cet excellent goûter, et nous
causerons ensuite plus à notre aise. »

Hermann fit les honneurs de la table avec une
parfaite aisance, et les dames étrangères mangè-
rent de tout avec beaucoup d'appétit. Lorsqu'on fut
arrivé au dessert, Mme de Vertval parla ainsi à l'instituteur :

« Trinquons à la santé et à la prospérité de votre
aimable famille, monsieur Hermann.

— Et surtout à la vôtre, répondit respectueusement celui-ci.

— Et moi pareillement, dit Thérèse en choquant
les verres, je bois à la santé de ma chère Léonore et
à notre constante amitié.

— Oui, toujours, toujours, ma bonne Thérèse,
amitié entre nous, à la vie, à la mort! Ah! monsieur Hermann, ajouta-t-elle en s'adressant à lui,
vous ne sauriez vous faire une idée du bonheur que
j'éprouve d'avoir retrouvé aujourd'hui une amie que
j'ai tant aimée et tant regrettée. Je ne donnerais pas
ma félicité actuelle pour une couronne, pour un
royaume tout entier! Le temps durant lequel je vous
ai enlevé votre épouse pour aller causer avec elle
dans le jardin vous a sans doute semblé long, je
vous assure que ces moments m'ont paru bien courts,
bien rapides : nous avions tant de choses à nous dire.
Toutefois ils m'ont suffi pour être instruite, par la
bouche de mon amie, de tous les détails de votre
position, et des peines qui oppressent son cœur
d'épouse et de mère. Eh bien! mes amis, bannissez
vos chagrins, et veuillez m'écouter attentivement.

« Il y a déjà quelque temps que mon mari a été
nommé maire du canton où sont situées nos princi-
pales propriétés, et que nous habitons la majeure
partie de l'année. Le chef-lieu de ce canton est un

Henriette distribua les sucreries aux enfants de l'instituteur.

bourg assez considérable. Depuis longtemps mon mari a senti la nécessité de réorganiser d'après un plan meilleur l'école primaire de cet endroit; s'il ne l'a pas fait encore, c'était par ménagement pour le pauvre vieillard qui la dirige depuis plus de trente années. C'est un brave homme, mais il est souvent malade. Maintenant ce maître d'école reconnaît lui-même que sa faiblesse et ses infirmités ne lui permettent plus de diriger une jeunesse nombreuse et turbulente, et désire sa retraite. Mon mari la demandera à l'autorité supérieure, et fera obtenir à ce vieillard une pension moyennant laquelle il pourra terminer son utile carrière dans le repos et la tranquillité. Le conseil municipal a déjà voté les fonds pour la réorganisation sur un plan plus vaste de cette ancienne école, si mal tenue : elle sera érigée en collège communal. Les bâtiments, le jardin et les autres dépendances ont été loués et réparés aux frais de la commune. Tout est prêt depuis quelque temps; il ne s'agissait plus que de trouver un instituteur, homme de talent et de bonne volonté, capable de fonder et de bien diriger le nouveau collège : ce sera le plus grand service que mon mari rendra à ses administrés, et même aux habitants de tout l'arrondissement. Aussi M. de Vertval tient-il beaucoup à trouver un maître qui réunisse toutes les qualités désirables. La lettre de votre fille Catherine nous a tellement plu, qu'elle nous fit d'abord penser à vous. Le docteur qui avait soigné Thérèse nous a de même écrit à votre sujet en faisant de toute votre famille le portrait le plus flatteur; il parlait particulièrement de vos talents, de vos principes et de votre conduite dans les termes les plus honorables. Dès ce moment le choix de mon époux fut arrêté : il me disait qu'un homme qui élevait ses enfants dans des sentiments de probité et de délicatesse tels que ceux qui avaient dicté la lettre de Catherine au sujet de l'erreur de notre Henriette, devait être nécessairement un parfait honnête homme et un digne instituteur, comme il le désirait pour son canton. Cependant il a cru devoir demander quelques détails sur votre méthode d'enseignement, et voilà pourquoi le docteur a voulu assister à l'examen de vos élèves. Il en fut enchanté, et son récit très circonstancié a pleinement satisfait mon mari. Le docteur nous écrivit aussi que vous jouissiez de l'estime et de la confiance de tous les habitants de Steinach, non seulement par le zèle avec lequel vous exercez vos fonctions de maître d'école, mais encore par les importants services que vous avez rendus à tout le village. Moi-même j'ai pu apprécier l'heureuse influence que vous avez exercée dans cette commune. J'ai vu le village de Steinach il y a environ vingt ans, et j'ai de la peine à le reconnaître aujourd'hui. Autrefois il offrait un aspect affligeant de pauvreté et de misère au milieu de ces montagnes et de ces rochers; tout, aux alentours était nu, triste et inculte, tandis que maintenant à peine si l'on peut découvrir le petit clocher et les toits des maisons à travers les nombreux groupes d'arbres fruitiers et les collines où l'on cultive le houblon; je vois partout des jardins bien cultivés, produisant des légumes et des fruits en abondance; partout aussi je vois des ruches pour la production du miel. Les habitants du village, parmi lesquels régnaient autrefois la paresse et l'indolence, sont maintenant, grâce à vos soins et à votre exemple, laborieux comme leurs abeilles. L'oisiveté a disparu, et avec elle la misère et la malpropreté; l'ordre et l'activité les remplacent à présent; tous les ménages sont proprement tenus et dans une heureuse aisance.

« Et toi aussi, ma chère amie, continua Mme de Vertval, tu as fait un bien immense à cette commune. Comme l'agriculture, dans cette étroite vallée, n'occupait pas suffisamment les mères de famille, tu leur as appris à tirer parti de mille choses dont auparavant on ignorait l'usage. Par exemple, tu leur as enseigné à faire des confitures, à fabriquer de la dentelle commune, à tresser des chapeaux de paille,

des chaussons de lisière, etc.; elles vendent avanta-
geusement tous ces objets dans les marchés et dans
les foires des environs, et cette industrie leur est fort
profitable. Tu as montré aux jeunes filles à coudre,
à tricoter des bas et à broder la mousseline. Votre
manque de fortune, mes chers amis, n'a pas empê-
ché que votre présence seule n'ait enrichi ce village.
Quoique le nom même d'école de jardinage et d'é-
conomie rurale et domestique fût inconnu à vos
paysans, vous n'en avez pas moins fondé une des
meilleures de ce genre; vous y avez enseigné gratuitement à planter les arbres, à les greffer, à cultiver les légumes, à les conserver pendant l'hiver, à
élever et à entretenir les abeilles, et beaucoup d'autres connaissances utiles aux habitants de la campagne. Il est incontestable que votre présence a été
pour ce village une source de civilisation et de prospérité; et certainement le zèle avec lequel vous avez
travaillé à vous rendre utiles à vos semblables doit
être aux yeux de Dieu et des hommes un titre à leurs
faveurs. Aussi, d'après le rapport favorable de notre
ami le docteur, rapport que je trouve aujourd'hui
pleinement confirmé par le témoignage de mes propres yeux, la décision de mon mari ne s'est pas fait
attendre. Il a écarté une foule de compétiteurs qui
se présentaient munis de puissantes recommanda-
tions pour obtenir cette place avantageuse, et il
s'écriait souvent : « Non, le brave instituteur Hermann est l'homme de mon choix; Hermann sera le
principal de mon collège. Dieu veuille qu'il ne re-
fuse pas cet emploi! » Comme l'époque est arrivée
où je me rends habituellement à la campagne, et
que la route passe tout près de votre village, j'ai
voulu moi-même vous annoncer cette bonne nouvelle
et vous faire part des propositions dont mon mari
m'a chargée pour vous; et je ne doute point qu'elles
ne vous paraissent acceptables. D'abord le bourg de
Vertval est un joli endroit, fort agréable; le bâtiment
du nouveau collège que vous allez habiter est tout

neuf; il est vaste, et votre appartement y est bien
plus commode que celui-ci; le jardin est grand et
beau. Vos appointements fixes monteront au moins
au triple de ceux dont vous jouissez ici, sans compter les honoraires que payeront vos élèves, les fournitures en bois de chauffage, etc., que la commune
est disposée à vous accorder. Voilà, il me semble,
des offres qui ne sont pas à dédaigner. Alors votre
famille aura un sort; ceux de vos fils qui montreront
des dispositions pour l'enseignement, formés par
vos soins, vous aideront dans vos fonctions, et toutes
les familles du canton de Vertval se féliciteront de
posséder un si excellent instituteur. Pour moi, j'aurai la douce satisfaction de vivre avec ma chère Thérèse, et ma fille trouvera dans Catherine une compagne aussi aimable que Thérèse le fut pour moi
dans ma jeunesse. Voyons, monsieur Hermann,
qu'en pensez-vous? »

Quand Hermann entendit ces propositions si avan-
tageuses, il en fut tellement surpris, tellement ravi
de joie, qu'il ne put proférer une seule parole; des
larmes brillaient dans ses yeux. Après un moment
de la plus vive émotion, il s'écria enfin :

« Quel bonheur, quel miraculeux secours le Dieu
de bonté a daigné m'accorder au moment même où
nous en avons le plus grand besoin! Je ne saurais
assez lui en rendre grâces, ainsi qu'à vous, Madame,
qui êtes l'heureux instrument de ses miséricordes.
Oui, Madame, j'accepte avec empressement et reconnaissance l'honneur et le bienfait que vous m'an-
noncez; je m'efforcerai de remplir consciencieuse-
ment mes devoirs, afin de justifier la confiance de
mes généreux bienfaiteurs, et de leur témoigner ma
profonde gratitude plutôt par ma conduite que par
mes paroles. »

La joie de Thérèse était si vive, qu'elle ne put
s'empêcher de l'exhaler en sanglots. La petite Charlotte, qui se trouvait à ses côtés, lui dit : « Pourquoi
pleures-tu, maman? cette dame est si aimable! elle

ne gronde pas. Ne pleure pas, je t'en prie, ou bien je vais pleurer aussi. »

Thérèse prit la main de Mme de Vertval, et la pressant avec une extrême émotion d'abord contre ses lèvres, ensuite contre son cœur : « Oh ! quel bonheur, dit-elle, quelle grâce de Dieu de vous avoir retrouvée et de vous revoir encore si bonne, si humaine, si compatissante, si douce et si modeste, telle enfin que je vous ai connue à Lindenberg ! Que je suis heureuse de pouvoir dorénavant couler mes jours dans les douceurs de votre intimité ! Que mon Hermann, que mes enfants vont être heureux dans l'agréable position que tu nous procures ! Chère amie, chère Léonore, je voudrais pouvoir t'exprimer ma joie et ma reconnaissance, te dire combien je t'aime ; mais je ne le puis, les termes me manquent. Oh ! que le bon Dieu te récompense et te bénisse mille et mille fois ! Venez, mes enfants, venez vous joindre à moi pour remercier notre bienfaitrice, notre bon ange envoyé du ciel. »

A l'instant, cette bonne et charitable dame fut environnée de toute l'aimable famille, qui s'empressa à l'envi de couvrir ses mains d'innombrables baisers. La dame étrangère et sa fille avaient également les yeux remplis de larmes à la vue des bruyants témoignages de joie et de reconnaissance de cette multitude d'enfants si aimables dont elle avait amélioré le sort.

« Je ne puis encore en revenir, s'écria enfin Thérèse après avoir essuyé les pleurs dont ses joues étaient inondées ; tout ceci me semble un rêve ! Que les voies de la Providence sont admirables et incompréhensibles !

— Oui, ma chère amie, répondit Mme de Vertval, c'est évidemment la providence de Dieu qui seule a pu diriger tous les événements de cette manière ; c'est elle qui s'est servie d'une branche de houblon pour nous réunir et pour vous faire connaître à mon mari, qui a destiné la place d'instituteur de notre

canton à Hermann avant même que nous sussions
que c'est toi, chère Thérèse, qui es sa femme. Tu
m'as sauvé la vie il y a bien longtemps. Les événements nous ont séparées sans que j'aie pu rien faire
pour toi. Depuis, la fortune m'a favorisée, mais j'ai
toujours vainement désiré de te revoir; je souhaitais
de tout mon cœur, dès l'instant où j'en ai eu les
moyens, d'acquitter ma dette et de te prouver ma
reconnaissance. Tu peux, d'après cela, juger combien durent être grandes ma joie et ma surprise lorsqu'à peine arrivée sous ce toit de chaume j'y ren-
contrai Catherine, qui est bien ton portrait vivant,
et lorsque, peu d'instants après, je te reconnus toi-
même et je te serrai dans mes bras. Certes, ma
joie, ma félicité égale la tienne. Si toi, ton mari et
tes enfants avez des raisons de remercier Dieu de
vous avoir tirés de tant d'embarras, moi, mon mari,
mes enfants, et même notre canton tout entier, nous
aurons les plus puissants motifs de regarder cet évé-
nement comme une faveur du Ciel, et pendant de
longues années encore nous aurons sujet d'en rendre
grâces à Dieu. En vérité, l'erreur d'Henriette a eu
d'heureuses suites pour nous tous.

— Eh bien! s'écria Henriette, qui ne laissait jamais échapper une occasion de se montrer gaie et
folle, je suis enchantée d'avoir fait tant de b.en en
payant si généreusement une guirlande de houblon.
Dans le temps on m'a bien grondée à ce sujet; maintenant il faut que je me loue un peu moi-même,
puisque les autres ne le font pas. Si je n'avais pas
si largement payé cette branche de houblon, tout ce
qui est arrivé ne serait pas arrivé; maman n'aurait
pas retrouvé son amie, et notre canton n'aurait pas
un excellent instituteur. »

Sa mère lui répondit : « Ces heureuses consé-
quences ne peuvent être mises sur ton compte, ma
chère Henriette; elles ne sont pas ton ouvrage, et
tu as mauvaise grâce de t'en vanter. Ta méprise
sera toujours une méprise, et tu n'en as pas moins

commis une étourderie; mais rien ne glorifie tant la Providence divine que de voir le profit qu'elle retire de toutes ces étourderies pour les faire tourner à notre bien. Souvent même nos actions les plus irréfléchies contribuent à notre bonheur, tandis que souvent nos entreprises les mieux conçues échouent complétement et tournent parfois à notre désavantage. Dieu nous montre par là qu'il dirige les choses d'ici-bas, et nous apprend que dans toutes nos actions, dans toutes nos entreprises, nous devons, avant tout, mettre en lui notre confiance et lui attribuer la gloire de tout ce qui nous arrive de profitable. Par tout ce que je viens de te dire, ma chère fille, je suis loin, comme tu le vois, de vouloir entretenir en toi la légéreté et l'étourderie dont tu n'as pas encore su te corriger tout à fait. La légéreté et l'étourderie ont d'ordinaire des résultats funestes, et si quelquefois Dieu en fait provenir des événements heureux, c'est uniquement par sa grâce et sa miséricorde. Il faut donc agir en toute occasion avec prudence et réflexion, et s'en rapporter pour le reste à la bonté divine. Il faut imiter le laboureur, qui cultive son champ avec tout le soin possible, et qui se repose ensuite sur la bénédiction d'en haut. »

Mme de Vertval, s'adressant ensuite à Hermann, dit qu'il lui serait avantageux de se rendre au plus vite à son nouveau poste : elle le pria en même temps de lui annoncer le jour où il serait prêt à partir, parce qu'elle lui enverrait des voitures pour emmener sa famille et tous ses effets. Elle lui assura encore une fois qu'il serait heureux dans son nouveau séjour, et que les nombreux services qu'il ne manquerait pas d'y rendre lui gagneraient bientôt l'estime générale; elle ajouta qu'il ne tarderait guère à se voir en état de faire un sort à ses enfants. Tout ce qu'elle prédisait ici fut réalisé plus tard.

Mme de Vertval fit de tendres adieux à Thérèse, lui promettant de la revoir bientôt; puis, entourée de toute cette famille dont elle allait faire le bonheur, et à laquelle, avec cet air affable qui lui était si naturel, elle souhaita une bonne santé, elle retourna avec Henriette vers son équipage, qui, au grand étonnement des villageois, s'était arrêté tout près de la maison du pauvre instituteur.

Avant de monter en voiture, Henriette, qui avait pris les devants avec Catherine, lui dit chemin faisant : « A propos, Catherine, n'es-tu pas fâchée contre moi de ce que je t'ai enlevé ton chapeau par la chaleur qu'il faisait alors? Tu dois avoir bien souffert! Mon tort est d'autant plus grave que ce chapeau t'était doublement précieux. Eh bien! il est déposé dans notre voiture, je l'y ai laissé pour te le rendre; allons en avant, tu le verras. »

Les jeunes amies arrivèrent bientôt à la voiture. Alors Henriette découvrit le chapeau et le remit à Catherine. « Est-il possible! s'écria Catherine, quoi! cette jolie guirlande de houblon s'est conservée jusqu'à ce jour! Vraiment elle n'est pas fanée du tout; c'est ma guirlande même, elle est encore aussi verte qu'au moment où je l'ai cueillie : c'est un miracle! »

Henriette se mit à battre des mains et à rire aux éclats. « Ah! ah! s'écria-t-elle, te voilà attrapée à ton tour. J'ai pris ta guirlande naturelle pour une guirlande artificielle, et toi tu prends maintenant cette guirlande artificielle pour une guirlande naturelle. Écoute : la tienne me plaisait beaucoup, sa fraîcheur et son élégance me la faisaient regretter. Aussitôt que je fus arrivée à la ville, mon premier soin fut de courir chez notre marchande de modes, à laquelle je la remis pour qu'elle m'en fît une toute pareille en fleurs artificielles; elle y a parfaitement réussi, comme tu vois, puisque tu t'y es trompée. Fais-moi le plaisir d'accepter le chapeau ainsi que la guirlande, que tu conserveras en mémoire de celle dont Dieu s'est servi pour nous rendre tous heureux. »

Catherine ne voulait pas priver sa jeune amie d'un si riche objet de toilette, mais celle-ci insista;

elles étaient encore à discuter, lorsque Mme de Vertval survint, accompagnée d'Hermann et de sa fa-
mille.

« Accepte cette guirlande, bonne Catherine, dit
l'aimable dame, et conserve-la avec soin, en souvenir de la bonté et de la miséricorde infinies de Dieu.
Il a fait en notre faveur de grandes choses au moyen
de cette guirlande de houblon, que l'art a si bien su
imiter... Sa sagesse suprême profite d'une infinité
de moyens pour nous instruire, pour nous corriger
et nous rendre heureux : tantôt c'est une tige om-
bragée, comme à Ninive; tantôt un figuier stérile,
comme sur le chemin de Jérusalem; ici c'est une
simple branche de houblon cueillie sur la haie de
votre jardin. »

FIN

TABLE

—

I. — L'école du village. 7

II. — Jeunesse de Thérèse. 14

III. — Bonheur domestique. 21

IV. — Les épreuves de la piété. 29

V. — Maladie de la mère de famille. 35

VI. — La châtelaine. 39

VII. — Rivalité d'amour filial. 46

VIII. — La maîtresse de poste. 52

IX. — Un médecin comme ils devraient être tous . . 63

X. — Visite inattendue. 78

XI. — Tableau d'une bonne mère de famille. 82

XII. — La vertu récompensée. 93

24619. — Tours, impr. Mame.

Original en couleur

NF Z 43-120-8

www.ingramcontent.com/pod-product-compliance
Lightning Source LLC
Chambersburg PA
CBHW060846250626
47162CB00005B/2167